KB167091

박대겸

2018년 문예지 『영향력』에 「빛의 암호」를 발표하며 작품 활동을 시작했다. 2019년 안전가옥 앤솔로지 『미세먼지』에 「미세먼지 살인사건-탐정 진슬우의 허위」를 수록했다.

그해 여름
필립 로커웨이에게
일어난
소설 같은 일

토머스 핀천이라는 이름과 돈 드릴로라는 이름과 데이비드 포스터 월리스라는 이름과 마거릿 애트우드라는 이름과 로베르토 볼라뇨라는 이름과 마크 Z. 대니얼레프스키라는 이름과 윌리엄 개디스라는 이름과 블라디미르 소로킨이라는 이름과 커트 보니것이라는 이름과 호르헤 루이스 보르헤스라는 이름과 W.G. 제발트라는 이름과 제임스 팁트리 주니어라는 이름과 마리아나 엔리케스라는 이름과 버지니아 울프라는 이름과 제임스 조이스라는 이름과 필립 K. 딕이라는 이름과 옥타비아 버틀러라는 이름과 가브리엘 가르시아 마르케스라는 이름과 윌리엄 포크너

라는 이름과 후안 룰포라는 이름과 캐시 애커라는 이름과 올가 토카르추크라는 이름과 J.M. 쿳시라는 이름과 제이디 스미스라는

이름과 사뮈엘 베케트라는 이름과 훌리오 코르타사르라는 이름과 클라리시 리스펙토르라는 이름과 블라디미르 나보코프라는 이름과 표도르 도스토예프스키라는 이름

Something like a story that happened to Philip Lockaway that summer

□대겸 장편소설

그해 여름
필립 로커웨이에게
일어난
소설 같은 일

차례

1부

필립 로커웨이는 레스토랑 동료들과 술자리를 끝내고 집으로 오는 길에 문득 소설을 쓰고 싶다는 강렬한 충동에 사로잡힌다. 그것은 갑작스러운 일이었고 난데없는 일이었으며 정신이 아찔해질 만큼 당황스럽기 짝이 없는 일이었기에, 필립은 브루클린 브리지 난간을 잡고 잠시 걸음을 멈추어야 했다. 필립은 처음에 이렇게 생각했다. 이건 신의 계시야. 나는 어쩌면 신의 계시를 받은 건지도 몰라. 하지만 이내 이성을 되찾았다. 신의 계시라니, 터무니없는 호들갑을 떨 필요는 없잖아. 이건 뭐랄까, 허공을 떠돌던 영혼이 내 몸에 잠시 들어왔다가 빠져나간 듯한 기분이랄까, 그 영혼의 욕망이 나에게 이입된 느낌이랄까. 브루클린 토박이인 필립 로커웨이는 일본계 미국인 여자친구 마리아 히토미와 연애하는 동안 자연스레 영혼의 존재에 대해 받아들이게 되었다. 근데 난 글을 쓸 줄 모르잖아. 필립은 작은 목소리로 이렇게 중얼거린다.

글쓰기라고는 고등학교 때 과제로 작성했던 소설 감상 에세이가 전부야. 그것도 친구 과제랑 구글링해서 나온 내용을 적당히 짜깁기했던 글이고. 그런데 난데없이 소설이라니. 읽은 소설이라고는 문학 시간에 다룬 『위대한 개츠비』나 『호밀밭의 파수꾼』, 『주홍 글씨』 정도밖에 떠오르지 않아. 사실 읽었다는 행위 자체만 생각나지 지금으로선 어떤 인물이 나왔고 어떤 내용으로 전개되었는지조차 기억나지 않는데. 그렇게 구시렁거리고 나서 필립 로커웨이는 다시 발걸음을 옮긴다.

하지만 한번 발아한 충동은 쉽게 생명력을 잃지 않았다. 브루클린 브리지를 건너고 헨리 스트리트를 지나는 와중에도 소설을 쓰고 싶다는 충동에서 벗어나지 못한 필립 로커웨이는 결국 크랜베리 스트리트에 있는 집에 도착하자마자 컴퓨터를 부팅할 수밖에 없었다. 한 시간 후 워드에 작성돼 있을 문장이 고작 '무엇을 어떻게 써야 할지 도통 모르겠다'뿐이라고 할지언정.

머릿속이 새하얘진 필립은 결국 인터넷의 바다에 빠져든다. 구글링을 시작한 것이다. 그가 검색한 내용은 '소설 쓰는 방법' 같은 것이 아니었다. 소설을 쓰려면 먼저 소설을 읽어 봐야지. 그리고 기왕 읽을 거면 아주 멋진 소설을 읽어야겠지. 필립은 그렇게 생각했고, 검색창에 '최고', '소설', '목록', '끝내주는', '문학', '훌륭한', '21세기' 등의 키워드를 이리저리 조합하여 첫 화면에 나온 결과물들을 두루 살폈으며, 여러 차례 눈에 띄는 책 제목, 아니 차라리 악마적인 숫자와 처음 보는 단어의 불가해한 만남이라 불러도 무방할 소설 제목을 각인하게 된다. 『666, 페스트리카Festrica』. 그가 검색한 목록에 따르면 이 소설은 포스트모던 미스터리이고 음모론적 소설이며 실험적인 SF 소설이고 2000년대 이후 최고의 책이며 다중 서사 작품이고 이미 21세기의 정전 반열에 오른 작품이며 2000년대를 정의하는 10권의 책 중 하나이고 전미도서비평가 협회상을 비롯해 다수의 수상 이력이 있는, 검색하면 검색할수록 호기심을 자극하는 작품이었다. 필립 로커웨이의 머릿속은 내일 해가 뜨면 당장 서점으로 달려가 이 책을 구입해 읽으며 소설을 써야겠다는 생각으로 가득하게 된다.

그나저나 도대체 무슨 내용의 소설일까? 666은 그렇다 치고, 저건 무슨 뜻이지? 페스트리카? 사람 이름인가? 필립은 달뜬 마음을 주체하지 못한 채 이 책에 대해 계속 검색해 나갔고, 소설에 대해 몇 가지 정보를 알게 된다. 우선 이 작품은 독일에서 2002년에 처음 발간되었는데 정작 이 소설을 쓴 독일 작가 마리아너 융게는 그 전해인 2001년, 48세라는 비교적 젊은 나이에 간부전으로 사망했다. 그러니까 이 작품은 그녀의 유고작이었고, 미완성작이었다. 영어로 번역되어 미국에 출간된 건 원서가 출간되고 4년이 지난 2006년이었는데, 『666, 페스트리카』는 그해와 그 이듬해 미국에서 받을 수 있는 유수의 도서상, 문학상, 소설상을 휩쓸었다. 외국 작가의 소설이, 그것도 번역된 소설이 국내에서 이렇게까지 인정을 받을 수도 있는 건가? 심지어 미완성작인데. 소설의 주요 등장인물 중 한 명이 미국인이기 때문인가? 필립은 의문을 해소하기 위해 구글링을 계속했다.

어느덧 남루한 아파트에 아침 햇살이 새어들기 시작했고, 마침내 필립은 6이 세 개나 들어가는 이 찝찝한 제목의 소설이 어떤 내용인지 그 대강을 파악할 수 있게 되었다.

총 세 개 파트로 나누어져 있는 이 소설은 동유럽의 페스트리카라는 가상의 국가를 주 무대로 삼는다. 1부는, 페스트리카에서 벌어지는 여성 살해 사건이 심상치 않음을 느끼고 남몰래 그곳으로 떠나는 미국 작가의 이야기와, 그 작가를 추종하는 일군의 문학 교수들이 사라진 작가를 찾기 위해 페스트리카로 떠나는 이야기가 주를 이룬다. 『666, 페스트리카』의 몸통이자 핵심이라고 할 수 있는 2부는 소설의 전체 분량인 약 1,000페이지 중 절반 정도를 차지하는 파트로, 2000년에서부터 2666년에 이르기까지 총 666년 동안 페스트리카를 기점으로 전 세계에서 벌어지는 여성 연쇄 살인, 아니 차라리 제노사이드에 가까운 여성 살해를 그리고 있다. 본격 SF면서 동시에 디스토피아적인 내용이었다. 여자들은 남편에게 살해당하고 남자친구에게 살해당하고 길을 가다 모르는 남자에게 살해되기도 하는데 시간이 지나면서 급기야 인공지능 로봇에 의해 살해되기도 한다. 3부는 시간을 특정할 수 없는 미래가 배경이다. 여성은 물론 남성까지 인공지능 로봇에게 살해당하며 인류는 아슬아슬하게 살아가고 있다. 차츰 세계 이곳저곳에서 혁명의 조짐이 싹트기 시작한다. 그러나 이를 간파한 인공지능이 다방면에서 압박을 가해 와 상황은 그다지 나아지지 않는다. 그러던 어느 날, 마침내 인류에게도 희미한 빛이 보인다. 과거로 이동할 수 있는 기계가 발명된 것이다. 혁명을 이끌고 있는 여성 리더 두 명이 인류의 운명을 어깨에 지고 2000년의 페스트리카로 떠나게 된다.

필립은 아직 읽어 보지도 않은 채 기대만 잔뜩 하게 된 소설의 줄거리를 머릿속으로 정리해 본다. 줄거리만으로도 소설에 담긴 검붉은 이미지를 느낄 수 있었던 필립은 고개를 절레절레 흔들다가, 창밖에서 새어 들어오는 햇살을 슬며시 바라보다가, 컴퓨터를 끄고 커튼을 치고 침대에 누웠고, 아, 어차피 일 때려치웠으니 내일 출근하지 않아도 되는구나, 아무 계획도 없이 일을 그만뒀기 때문에 소설이 쓰고 싶어진 걸까, 아니, 어쩌면 그 반대로, 소설이 쓰고 싶어질 예정이었기 때문에 아무 계획도 없이 일을 그만뒀는지도 몰라, 따위의 생각들을 하며 순식간에 잠에 빠져든다.

이튿날 오후, 아직 해가 떨어지기도 전에 필립 로커웨이는 드미트리 데이비스와 그레이엄 밀러를 만난다. 둘 다 학창 시절 친구로, 드미트리는 트레일러를 몰며 컨테이너 박스를 운반하는 일을 하고 있었고, 그레이엄은 맨해튼에서 자동차 수리공으로 일하고 있었다. 한 달에 두어 번쯤 만나는 그들은 늘 계획 없이 만나 매번 하던 일을 반복한다. 브루클린헤이츠나 비네거 힐에서 저녁을 먹고 브루클린 브리지 공원이나 메인스트리트 공원을 어슬렁거리다가, 매번 가는 브리지 펍에 들어가서 맥주를 마시며 당구를 치거나 뉴욕을 연고지로 하는 야구팀들의 경기를 보는 일.

필립은 특별히 하는 일 없이 그들을 만나는 것이 좋았다. 아니, 어쩌면 특별히 하는 일이 없었기에 더 좋았던 건지도 모른다. 그럼에도 지루하다고 느낀 적이 없었고, 시간 낭비라고 생각한 적이 없었다. 하지만 필립이 드미트리, 그레이엄과 꾸준히 친분을 유지

했던 이유 중 결정적인 하나는, 필립 주위의 다른 남자들과 달리 그들은 농담으로라도 여자가 어떻다느니 섹스가 어떻다느니 가볍게 떠들어 대지 않았기 때문이다. 그러는 한편, 필립은 그들이 게이 커플일지도 모른다고 생각했다. 그래, 둘은 이미 사귀고 있고, 자신들의 데이트에 새로운 변화를 주기 위해 나와 만나는 건지도 몰라. 필립은 고등학교를 졸업한 후 4년이 지나서 우연히 그들을 만났던 것이다. 근데 사실 둘이 사귀든 말든 나랑은 상관없는 일이야. 필립은 생각했다. 커밍아웃을 하고 싶으면 할 테고, 하기 싫으면 죽을 때까지 하지 않겠지. 그건 그들 자유야. 얼마나 오래 알고 지냈든, 얼마나 친하게 지냈든, 그런 건 아무 상관이 없어. 상황이 많이 좋아졌다고는 하지만 동성애, 그리고 동성애자에 대한 편견은 여전히 강력해. 세상에, 21세기 미국에서, 그것도 세계 문화, 금융, 산업의 중심이라는 뉴욕에서도 말이지! 물론 이건 다 내 망상이고, 둘은 사귀는 사이도 아니고 심지어 게이조차 아닐지도 몰라.

브리지 펍에 들어간 그들은 매번 앉는 바 테이블에 자리를 잡은 후 매번 하는 행동을 했다. 그러니까 생맥주를 주문하고 나서, 바 테이블에 앉아 있을 로돌포 존스를 찾는 일. 하지만 로돌포 존스는 눈에 띄지 않았다.

"오늘은 안 왔나 보네, 로돌포." 필립이 말했다.

"토요일 이 시간에 여기 없는 건 처음 아니야?" 그레이엄이 말했다.

"한 6개월 만에 데이트 약속이라도 잡혔나 보네." 드미트리도 한마디 보탰다.

이들이 처음 이 펍에 왔을 때 로돌포 존스는 바 테이블에 앉아 혼자 맥주를 들이켜고 있었다. 그들은 펍 구석에 있는 당구대를 보았고, 로돌포에게 같이 당구를 치지 않겠느냐 물었다. 그 이후 셋은 펍에 들를 때마다 마치 행사의 식순이라도 되는 것처럼 로돌포 존스와 함께 2대 2로 편을 나누어 당구를 쳤다. 그레이엄 밀러와 로돌포 존스가 당구를 잘 쳤기 때문에 둘은 항상 상대 팀이었는데, 어쨌거나 그렇게 6개월 정도 반복되던 일정이 그날 돌연 중단된 것이다. 그들은 맥주잔을 들고 잠시 당구대 근처를 서성이다가 바 테이블에 나란히 앉아 펍 매니저인 레오 크로포드에게 오늘은 로돌포가 오지 않았냐고 물었다. 다른 손님에게 주문받은 칵테일을 만들던 레오가, 그러고 보니 오늘은 웬일로 안 왔네, 라고 답했다.

"일이 바쁘겠지, 프리랜서 작가라고 하지 않았나?" 그레이엄 밀러가 말했다.

"프리랜서니까 일이 들어왔을 때 바싹 벌어두지 않으면 안 되겠지." 드미트리도 한마디 보탰다.

필립 로커웨이는 둘의 말을 들으며 새삼 로돌포 존스가 프리랜서 작가였다는 사실을 떠올렸다. 그래, 처음 만났을 때 그렇게 소개했어. 글을 쓰는 일을 하고 있으니 책도 많이 읽을 테고, 어쩌면 『666, 페스트리카』를 이미 읽었을지도 몰라. 읽지는 않았더라도 최소한 알고 있기는 하겠지. 다음에 만나기 전까지 『666, 페스트리카』를 꼭 읽어 둬야겠어. 그러고 보니 오늘 서점에 들렀어야 했는데 약속 시간에 맞추느라 깜빡했네. 집에 들어가기 전에 잠시 들러 봐야겠어. 근데 서점은 보통 몇 시에 문을 닫지?

셋은 펍 천장 쪽에 달린 TV 모니터로 야구를 보았다. 필립은 특정 팀의 팬이 아니었다. 필립은 학창 시절을 지나며 자연스레 야구 규칙을 터득했기에 야구 시청을 즐기는 것은 가능했다. 고등학교 때는 친구들과 함께 뉴욕 메츠를 응원하러 시티 필드에 간 적도 있었고, 뉴욕 양키스의 열성 팬인 전 레스토랑 동료와 같이 양키 스타디움에 가 본 적도 있었다. 하지만 필립은 어느 팀의 팬도 되지 않았다. 필립이 생각했을 때 특정 팀을 응원하는 일은, 행복하고 즐거운 일이라기보다는 지치고 진 빠지는 일에 가까웠다. 매년 월드 시리즈에 올라가는 팀이 아니라면. 물론 그런 팀들 또한 1년에 수십 번 이상 패배의 쓴맛을 봐야 했다. 역전패를 당하거나 끝내기 홈런을 맞았다.

감자튀김을 먹으며 펍 천장에 달린 자그마한 모니터에서 나오는 뉴욕 양키스와 클리브랜드 인디언스의 경기를 보던 중 그레이엄은 문득 떠올랐다는 듯 필립에게 묻는다.

"맞다, 너 이번에 시애틀 다녀오지 않았어? 어땠어?"

필립은 그 질문을 듣고 시애틀에서 보낸 3박 4일을 되새겨 보았다. 시애틀 특유의 총천연색 선명함과 평화로운 분위기가 떠올랐고, 레이니어산에서 했던 야영이 생각났다. 작년까지 친하게 지내던 레스토랑 동료 클라리사 캠벨의 초대를 받아 가게 된 여행이었다. 클라리사 캠벨은 맨해튼의 줄리아드 음대에 다니다가 1년 만에 자퇴한 후 길거리 음악을 하며 필립이 일하던 레스토랑에서 아르바이트를 시작했는데, 둘은 이때 친한 사이가 되었다. 그러고 다시 1년쯤 지났을 무렵 클라리사는 시애틀에 꽂혔다는 말과 함께 시애틀로 떠났고, 그 후 둘은 SNS나 문자 메시지를 통해 꾸준히 소식을 주고받았으며, 마침내 지난주 둘은 약 8개월 만에 재회할 수 있었다. 필립 로커웨이는 3박 4일 동안 시애틀에 머물면서 클라리사 캠벨의 친구들을 몇 명 만났는데, 그중에서도 마이크 한이라는 한국인 유튜버가 인상적으로 기억에 남았다.

필립의 입에서 한국인이라는 말이 나오자 그레이엄 밀러가, 핵미사일로 위협하는 나라? 라고 물었다. 그건 북한이고, 내가 만난 한국인은 남한. 필립 로커웨이가 말했다. 남한이랑 북한이 달라? 그레이엄 밀러가 다시 물었다. 남한은 자본주의 국가고, 북한은 공산주의 국가잖아. 이번엔 옆에 있던 드미트리 데이비스가 답했다. 그 말을 들은 그레이엄 밀러는, 하여튼 공산주의가 문제라니까, 라고 말했고, 그 말을 들은 드미트리 데이비스는, 공산주의는 문제가 아니야 다 같이 평등하게 잘 살자고 하는 이야기니까, 문제는 그걸 다루는 사람이지, 라고 말했다. 그래, 문제는 사람이지, 라고 필립 로커웨이가 말을 보탰다.

"근데 사실 진짜 문제는 자본주의야. 씨발 나만 잘 먹고 잘살겠다는 이념이니까. 특히 이놈의 씨발 미국식 자본주의. 전 세계를 망치고 있어. 하하하하하." 드미트리가 말했다. "그리고 아까 핵미사일 말이 나와서 말인데, 실제 핵 보유량은 미국이랑 러시아가 압도적인 투톱이야. 북한 같은 나라와는 비교도 할 수 없을 만큼. 지구를 수십 번은 날려 버릴 정도로 많은데, 하여간 뭐든 가진 놈들이 더 지랄이라니까."

"누가 냉전 시기 끝물에 태어난 씨발 러시아 놈 아니랄까 봐 말하는 거 뻐딱한 거 보소. 미국 좀 사랑해 보시지. 하하하." 그레이엄 밀러가 말했다.

"그래, 씨발, 나 러시아 출신 빌어먹을 미국인이라서 러시아도 싫고 미국도 싫다, 하하하하!"

필립은 둘이 주고받는 이야기를 듣다가, 이제 다 끝났지? 라고 묻고 나서 곧장 끊긴 이야기를 다시 이었다.

"레이니어산에 캠핑을 간 사람은 총 다섯 명이야. 클라리사 캠벨이랑, 캠벨과 레스토랑에서 같이 일하는 한국인 친구, 그리고 그 한국인 친구의 친구인 마이크 한, 이 친구는 전업 유튜버인데, 그래서 만나는 내내 카메라를 들고 다녔고, 어쨌거나 그때 처음으로 시애틀에 여행을 왔었지, 그리고 캠벨과 같이 밴드를 하고 있는 시애틀 친구랑, 마지막으로 나까지, 이렇게 총 다섯 명. 시애틀 친구가 캠핑 경험이 많아서 등반 코스며 야영지 선택 같은 걸 도맡아서 했어. 우리는 네다섯 시간에 걸쳐서 레이니어산의 나지막한 봉우리 하나를 찍고 내려와서 야영지로 향했지. 해 질 무렵이었고, 아니, 도시에 있었으면 아니었을지도 모르겠지만, 사방이 산으로 둘러싸인 곳이니 금세 해가 지잖아, 아무튼 그런 시간이었어. 자동차를 타고 캠벨의 음악을 들으면서 두런두런 이야기를 나누고 있는데 앞자리에 앉아 있던 마이크 한이 갑자기, 저기 봐! 라고 외치면서 창밖을 가리키더라고. 왜? 무슨 일이야? 라고 물으면서 마이크가 가리킨 방향으로 시선을 돌렸는데, 거기에 곰이 있었어. 진짜 살아 있는 야생의 흑곰. 도로에서 불과 2, 3미터밖에 떨어지지 않은 곳에서 나무뿌리 쪽 흙을 막 긁고 있더라고. 아마 다람쥐나 청설모 같은 동물이 숨어 들어간 구멍을 파내고 있는 거였겠지. 우리는 10미터쯤 떨어진 곳에서 잠시 그 모습을 바라봤는데, 차 안에 있어서 그런지 아니면 금세 지나쳐서 그런지 그 흑곰은 우리가 지나가는 건 신경도 안 쓰고 자기 할 일에 몰두하고 있더라고. 진짜 놀라운 광경이었어. 살아 있는 야생의 곰을 그렇게 가까운 곳에서 본 건 처음이었으니까. 레이니어산을 다니다 보면 곰을 조심하라는 경고판이 곳곳에 설치되어 있고 곰을 만났을 때의 대처 방법이 적힌 안내판도 있긴 했지만, 설마 실제로 곰을 보게 될 줄은 몰랐으니까. 레이니어산에 여러 번 와 본 시애틀 친구도 곰을 직접 본 건 처음이라고 했으니. 어쨌거나 굉장히 드문 일이었어. 내가 아까 마이크 한이라는 친구가 인상적으로 기억에 남아 있다고 했는데, 그 이유는 그날 밤 마이크가 해 준 이야기 때문이야. 당연히 곰과 관련된 이야기. 우리는 길가에서 본 흑곰 때문에 다들 조금 상기된 상태였고, 그 기분을 유지한 채 야영장에 텐트를 설치했고, 그러고 나서 저녁 식사를 하며 맥주를 먹기 시작했어. 마이크 한이 한국에서 가져왔다며 라면이라는 걸 꺼냈는데, 난 난생처음 먹어 봤거든. 약간 맵긴 했지만 짭짤한 맛 때문에 맥주 안주로 안성맞춤이었어. 어쩌면 야영지에서 먹는 음식이라 더 맛있었을 수도 있고. 라면이 맛있다느니 맥주가 맛있다느니 그런 이야기를 하고 있는데 갑자기 마이크가 입을 뗐어. 나는 그때 잠깐 다른 생각을 하는 바람에 이야기 서두 부분을 놓쳤고, 그래서 그 이야기가 마이크의 친척이 직접 겪은 일인지 아니면 영화나 소설에서 본 이야기인지는 모르겠어. 아무튼 지금으로부터 한 20년이나 30년쯤 전에, 우리 또래의 한 남자가, 다시 생각해 보니 마이크의 삼촌일지도 모르겠는데, 유타 지역의 어느 산을 등반할 때 있었던 일이라고 해. 미국인 산악 전문 여행가와 단둘이서. 특별히 목적지가 있는 건 아니었어. 애리조나 사막이나 로키산맥 같은 험난한 자연을 가로지르는 것 자체가 목적이었으니. 맞다, 마이크가 해 준 말에 따르면 유타라는 말은 원주민이었던 인디언족의 말 유트에서 온 단어로, 산에 사는 사람이라는 뜻이라고 하더라고. 하하, 설마 외국인한테 미국 지명의 어원에 대해 듣게 될 줄이야. 어쨌거나 둘은 사람 흔적을 찾기 어려운 산길을 걷고 있었어. 그런데 갑자기 앞서가던 미국인 산악 전문 여행가가 우뚝, 걸음을 멈췄대. 뒤따라가던 마이크의 삼촌도 덩달아 멈춰 섰고. 마이크의 삼촌은 갑자기 무슨 일인가 해서 산악 여행가 쪽을 바라봤는데, 분위기가 심상치 않다는 걸 금세 알아챌 수 있었어. 산악 여행가의 몸이 잔뜩 경직돼 있었거든. 그러고 몇 초 지나지 않아서 마이크의 삼촌도 사태를 파악할 수 있었어. 그들보다 한 30미터 정도 앞에서, 불곰 한 마리가 막 사냥한 사슴을 잡아먹고 있는 장면을 목격했으니까. 녹음이 우거진 산속에 시뻘건 피가 낭자한 광경. 30미터쯤 떨어져 있었음에도 불구하고 불곰의 무시무시한 살기가 고스란히 전해졌다고 해."

"암벽 등반가는 천천히, 아주 천천히, 발걸음을 뒤로 옮겼어."
잠시 호흡을 조절한 후 마이크 한이 계속해서 말했다. "최대한 소리를 내지 않기 위해 조심하면서, 한 걸음, 한 걸음. 주인공 남자도 그 모습을 따라서 천천히 발걸음을 옮겼어. 전방에서 시선을 거두지는 않은 채, 부디 바닥에 떨어진 나뭇가지를 밟는 사태가 벌어지지 않길 바라면서. 하지만 그런 일이 벌어지지 않더라도 포식자는 피식자의 낌새를 예민하게 간파하기 마련이지. 사슴을 먹어 치우는 데 몰두하고 있던 불곰이 갑자기 목을 치켜들더니 좌우를 살폈고, 슬금슬금 뒤로 물러서고 있던 남자들의 모습을 목격한 거야. 그 순간 남자 둘은 곰과 눈이 마주쳤고, 아, 씨발 좆됐다, 라는 말도 안 나올 정도로 완전히 얼어붙고 말았어. 곰은 자리에서 우뚝 일어서더니 쿠오오오오오, 하고 괴성을 질렀고, 그 소리에 두 남자는 더욱 겁에 질리고 말았지만, 다행히 경직된 몸은

23

조금 풀리게 됐어. 잠시 후 곰은 쿵, 소리와 함께 두 앞발을 바닥에 힘껏 디뎠고, 그 후 곧장 남자들을 향해 돌진하기 시작했어. 암벽 등반가는 그제야 정신을 차린 듯, 런! 하고 외치며 뒤돌아 달리기 시작했고, 주인공 남자도 곧장 뒤따라 달렸어. 주인공 남자는 달리기라면 자신이 있었어. 고등학교 때까지 육상부 선수였고, 전국 대회 400미터 부문에서 메달을 수상할 정도였으니까. 근데 근소한 거리로 앞서 달리던 암벽 등반가의 달리기도 만만치 않았지. 아니, 주인공 남자가 믿을 수 없을 만큼 빠른 속도로 달렸어. 처음엔 1미터 정도밖에 차이가 나지 않았는데 금세 2미터, 3미터까지 거리가 벌어졌지. 그와 반대로, 뒤돌아볼 틈도 없었지만, 쫓아오는 곰과의 거리는 급속도로 줄어들고 있다는 걸 짐작할 수 있었어. 20미터. 10미터. 5미터. 심장이 터질 듯 달리고 있는 와중에도 어느 순간 곰의 숨소리를 고스란히 느낄 수 있었지. 남자는 생각했어. 아, 이제 끝이구나. 내 삶은 이름도 잘 모르는 미국의 어느 산속에서 끝나게 되겠구나. 그래도 다행이지. 내가 곰에게 잡아먹히는 동안 그제 처음 만난 저 암벽 등반가는 살아남을 수 있을 테니까. 내 목숨을 바쳐서 누군가의 생명을 살릴 수 있다면, 그것도 나쁘지 않은 인생일 거야. 그런 생각을 하면서 달리고 있는데, 5미터쯤 앞서서 전력으로 질주하고 있던 암벽 등반가가 나무뿌리에 걸렸는지 돌부리에 걸렸는지 갑자기 거의 나는 것처럼 앞으로 몸이 붕 뜨더니 바닥에 고꾸라지고 말았어. 넘어져 있던 시간은 기껏해야 1, 2초 정도? 하지만 그 짧은 시간 동안 주인공 남자는 넘어져 있던 암벽 등반가를 따라잡았고, 그 순간 세상이 슬로비디오처럼 흘러가면서, 바닥에 쓰러져 있던 암벽 등반가의 당혹스러운 얼굴과, 그의 이마와 볼을 타고 내리는 땀방울과, 벌어진 채 어떤 말도 나오지 않던 입을 볼 수 있었고, 사위는 귀가 먹먹해질 정도로 고요해졌고, 그렇게 상황은 완전히 역전되고 말았지. 불과 몇 초 전까지만 해도 아, 이제 끝이다, 내 인생은 여기까지구나, 낙담하고 체념에 빠졌던 주인공 남자의 생각은 180도 바뀌게 되었지. 아, 이제 살았다! 나는 살았어! 저 남자가 죽는 대신 나는 살 수 있게 됐어!"

"그래서 결국 마이크의 삼촌은 살아남았고, 그럼 산악 전문 여행가는 곰에게 잡아먹힌 거야?" 옆자리에 앉아 있던 그레이엄 밀러가 맥주를 들이켜며 물었다.

"근데 여기서 반전이 있어." 필립 로커웨이가 말했다. "살아남은 마이크의 삼촌이, 한참을 달려서 자기들이 타고 온 자동차가 있는 공터까지 도착한 마이크의 삼촌이, 이대로 산을 벗어나면 트라우마가 생겨 더 이상 그토록 좋아하던 산악 여행을 할 수 없을지도 모르고, 무엇보다 타인의 생명을 위험에 처하게 했다는 죄책감 때문에, 물론 그건 자신의 직접적인 책임은 아니었지만, 어쨌거나 앞으로 제대로 된 삶을 살 수 없을 것이라고 판단해서, 결국 대시보드에 들어 있는 권총과 트렁크에 들어 있던 삽 한 자루를 들고 다시 산속으로 들어가기로 결심하지."

"야, 씨발, 말도 안 돼." 드미트리 데이비스가 말했다. "코앞에서 불곰한테 잡아먹힐 뻔한 사람이 다시 불곰을 잡으러 간다고? 불곰을 직접 본 사람이면 절대 그럴 수 없지. 나 어렸을 때, 너희도 알다시피 러시아 캄차카반도 쪽에서 살았잖아. 거기 불곰이 엄청 많단 말이야. 심지어 얘네들, 먹을 게 떨어지면 사람 사는 동네까지 기어 내려와서 식당이나 가정집에 쳐들어가서 먹을 거 털어 가는 일도 종종 저질렀거든. 그나마 다행이라고 해야 하나, 매너를 지킨다고 해야 하나, 불곰이 사람을 직접 공격하는 일은 일어나지 않았어. 불곰한테 잡아먹혔다는 이야기도 들은 적이 없고. 어쨌거나 씨발 위협적이긴 위협적이지. 아니, 단순히 위협적인 수준이 아니고, 어떤 느낌이냐면, 나도 딱 한 번 실제로 본 적이 있는데, 나한테 위협적인 행동을 한 것도 아니고 눈을 마주친 것도 아니고, 그냥 불곰이 저 앞에서 가만히 웅크리고 있는 걸 보기만 했거든. 근데도 완전히 얼어붙어서 옴짝달싹 못 했다니까. 그 정도로 살기가 흘러넘치는 동물이야. 헌데 잡아먹힐 뻔한 사람이 반격에 나선다고? 말도 안 되지, 씨발, 장난하는 것도 아니고."

"네가 만난 마이크가, 자기 삼촌 일이라서 살짝 꾸며서 이야기한 거 아니야? 아니면 애초에 그 삼촌이, 자기한테 있었던 일을 극적으로 꾸며서 조카한테 이야기해 줬을 수도 있고." 그레이엄 밀러가 말했다.

"근데 아까 내가 말했듯이, 이 이야기가 마이크 한의 삼촌에게 있었던 일인지, 아니면 마이크 한이 본 소설이나 영화 속 이야기인지 정확하게 알 수 없어." 필립 로커웨이가 말했다.

"소설이나 영화라면 그럴 수도 있겠네. 모험 소설이나 모험 영화 같은 건가? 주인공의 강인함을 부각시키거나 극적인 재미를 더하기 위한 장치일 수도 있고." 드미트리 데이비스가 말했다.

"그럼 그 이야기의 메시지는 이런 건가? 위험한 상황에 처했을 때 나 혼자만 살려고 하지 말고 주변 사람들을 구해 줘라? 하하하. 서민적인 히어로물 같네." 그레이엄 밀러가 말했다.

"아, 그것도 말해 준 것 같은데, 공포심이 어쩌고 이야기했던 것 같은데." 필립 로커웨이가 말했다.

"공포심?" 그레이엄 밀러가 물었다.

"공포심을 마주 봐야 한다, 씨발 뭐 그런 흔해 빠진 이야기 아니야?" 드미트리 데이비스가 말했다.

"그 정도로 흔해 빠진 이야기는 아니고." 필립 로커웨이가 말했다. "아, 그래. 공포심을 없애기 위해서는, 그 공포심이 발생한 장소로 돌아가야 한다. 뭐 이런 조금은 덜 흔해 빠진 이야기였던 것 같아."

그 후 필립은 이야기를 약간 돌려 시애틀에서 봤던 스타벅스에 대해 이야기했다. 골목 모퉁이마다 하나씩 있기에 시애틀 중심지에 있는 카페는 전부 스타벅스일지도 모른다고 생각될 만큼 쉽게 볼 수 있다고 했고, 매장 특유의 분위기가 시애틀이라는 도시의 분위기에서 기인한 것 같다는 말도 덧붙였다. 그 이야기를 가만히 듣고 있던 드미트리 데이비스는 이야기를 약간 전환시켜, 시애틀 하면 너바나를 빼놓을 수 없지, 라고 말했다. 그러자 옆에 있던 그레이엄 밀러가, 근데 너바나는 거품이 너무 많이 꼈어, 그 정도로 영향력 있는 음악은 아니잖아, 라고 말했다. 그러고 나서, 솔직히 커트 코베인이 자살하지 않았더라도 과연 너바나의 음악이 그만큼 사람들에게 영향력을 끼치고 지금까지 생명력을 유지할 수 있었을까, 라고 덧붙였다. 그 말을 듣는 순간 필립 로커웨이의 머릿속에는 마리아너 융게의 이름이 떠올랐다. 아티스트의 이른 죽음이 과연 그의 명성에 어떤 영향을 미치는가. 마리아너 융게의 폭발적인 인기도 어쩌면 그의 때 이른 죽음 때문이 아니었을까. 하지만 필립 로커웨이는 다시 생각을 바꾸었다. 아니야, 아니야. 마리아너 융게는 자살한 게 아니야. 간부전으로 죽었을 뿐이야. 48세라는 비교적 이른 나이에 죽음을 맞이하긴 했지만, 센세이션을 일으킬 만한 죽음이라고는 볼 수 없지. 그러다 문득 필립 로커웨이는, 근데 너희들 책은 좀 읽어? 라고 물었다. 책이라고? 드미트리 데이비스가 되물었다. 책은 무슨 책, 요즘은 유튜브나 넷플릭스 볼 시간도 없어. 그레이엄 밀러가 말했다. 야, 씨발, 바쁜 게 좋은 거지. 드미트리 데이비스가 말했다. 도대체 씨발 뭘 위해 바쁜지 모르겠다는 게 문제지, 내가 바빠 봤자 돈은 씨발 우리 정비소 사장한테 다 돌아간다는 것도 문제고. 그레이엄 밀러가 말했다.

"나는 그래도 내가 운전한 거리만큼 벌이가 달라지긴 하지만." 드미트리 데이비스가 말했다. "그래 봤자 일정 수수료는 회사에서 다 떼 가니까, 너나 나나 얼른 작은 회사라도 하나 차려야 한다니까. 야, 씨발, 말하고 나니까 생각나네. 바로 며칠 전에 트레일러 모는 직장 동료 한 명이 과로사로 죽은 일이 있어. 나랑 종종 술 마시던 친구였는데, 트레일러 몰고 버지니아 쪽으로 가던 길에, 졸려서 갓길에 잠깐 트레일러 세우고 졸았는데, 그냥 그대로 가 버렸어. 씨발 좆나 좆같은 인생이지 않냐? 과로사라니. 우리가 무슨 노예냐? 하여튼 씨발 자본주의나 공산주의나 똑같다니까. 일하는 놈이 좆 빠지게 일해 봤자 버는 놈은 따로 있어. 돈 좀 더 벌어 보겠다고 좆 빠지게 일하다가 과로사로 죽을 빌어먹을 인생인 거야. 언제 죽을지도 모르는데 죽기 전에 하고 싶은 거 다 해 봐야지. 놀 수 있을 때 실컷 놀고, 맛있는 것도 많이 먹고."

이튿날 필립 로커웨이는 마리아 히토미와 데이트를 했다. 2주 만의 만남이었다. 원래 필립과 마리아는 10개월쯤 동거하며 지냈는데, 반년 전 마리아가 대학을 졸업하고 나서 로펌 취업을 준비하기 위해 부모님이 계시는 보스턴으로 거주지를 옮기게 됐고, 거리가 멀어진 만큼 만나는 시간도 점점 줄어들고 있는 상황이었다. 그들은 오후에는 센트럴 파크 벤치에 앉아 평화롭고도 한적한 시간을 보내며 가벼운 일상 이야기를 나누었고, 해 질 무렵 소호 쪽으로 내려와 마리아가 가고 싶어 했던 피자 가게에 가서 포테이토 피자를 먹으며 생맥주를 곁들였다. 저녁 식사 후 둘은 손을 잡고 허드슨강 강변을 산책하다가 저녁 9시쯤 브루클린에 있는 필립의 집으로 돌아왔다.

그들은 마리아 히토미가 좋아하는 고고 펭귄의 라이브 음악을 들으며 와인을 마셨다. 주로 음악을 감상했고, 이따금 이야기를 나누었다. 평화롭고도 평범한 데이트처럼 볼 수도 있었지만 필립의 머릿속엔 부정적인 생각이 들어차고 있었다. 나눌 수 있는 이야기가 점점 줄어들고 있는 것 같아. 6개월 동안 만나다가 10개월쯤 동거를 했고, 다시 6개월 정도의 시간이 지났어. 10개월 동안 함께 지낼 때도 마리아의 머릿속 대부분은 노동 문제와 법률로 가득했어. 내가 모르는 내용이 태반이었지만 마리아는 지치지 않고 대화를 시도했어. 하지만 이제는 아니야. 마리아는 이미 취업 스트레스로 지친 탓에 내가 잘 모르는 주제에 대해 애써 알려 주려 하지 않아. 어쩌면 사랑이 식은 탓인지도 모르고. 우리가 가장 사랑했던 시간은 어쩌면 이미 지나가 버렸는지도 몰라.

필립 로커웨이는 소파에 반쯤 누운 자세로 와인 잔을 들고 있던 마리아 히토미를 바라보았고, 불현듯 오늘도 『666, 페스트리카』를 사지 않았다는 사실을 깨달았다. 어제는 서점 문이 닫혀 있어서 살 수 없었지만 오늘은 『666, 페스트리카』에 대해 완전히 잊고 있었어. 대화를 나누는 시간보다 반쯤 눈을 감고 있거나 주변 사람들을 바라보거나 혼자 다른 생각을 하고 있는 시간이 많았기 때문에 필립은 오늘 하루 『666, 페스트리카』에 대해 단 한 번도 생각하지 않았다는 사실이 조금 놀라웠다. 설마 소설을 써야겠다는 욕구가 생긴 지 고작 사흘도 지나지 않아서 사라진 건 아니겠지. 그렇게 생각한 필립 로커웨이는 식탁 위에 있는 와인을 한 모금 들이켠 후 소파에 있는 마리아 히토미에게 이렇게 말했다. 나, 소설을 써 볼 생각이야. 그러자 마리아가, 소설을 쓰고 싶다고? 라고 물었다. 응, 소설. 필립이 답했다. 잠시 고고 펭귄의 음악이 흘렀고, 근데 너 소설 별로 안 읽지 않아? 라는 마리아의 질문이 들렸다. 그래서 이제부터 좀 읽어 보려고. 필립이 답했다. 마리아는 소파에서 상체를 세운 뒤 똑바로 앉아 필립을 바라보며 물었다. 근데 갑자기 왜 소설이 쓰고 싶어졌어? 필립은 그 질문을 듣자 마땅한 대답이 떠오르지 않았는데, 왜냐하면 너무 갑작스럽게 발생한 마음이라 그 이유에 대해 구체적으로 생각해 보지 않았기 때문이었다. 어쩌면 정말 궁금하다는 듯 자신을 바라보는 마리아의 눈빛이 너무 오랜만이라서, 질문에 답하기보다는 그 눈을 조금 더 바라보고 싶어서 그랬는지도 모를 일이었다. 필립은 결국 그 질문에 대한 대답과는 완전히 다른 맥락의 이야기를 꺼냈다. 어제 그레이엄과 드미트리에게 했던 이야기, 그러니까 며칠 전 시애틀에 갔다가 레이니어산에서 흑곰을 본 이야기와, 그날 저녁 한국인 친구 마이크 한이 해 준 곰 이야기를 반복해서 한 것이다. 이야기에 집중하던 마리아는 필립의 말이 끝난 뒤, 근데 그 이야기랑 네가 소설 쓰고 싶은 거랑 어떤 관련이 있어? 혹시 그 이야기를 소설로 쓰고 싶은 거야? 라고 연달아 물었다. 그 질문을 듣자 필립은 자신이 곰 이야기를 왜 꺼냈는지는 알 수 없었지만, 어쩌면 그 이야기와 소설을 쓰고 싶은 마음 사이에 보이지 않는 맥락, 심지어 밀접한 관련성이 있을지도 모르겠다는 생각이 들었고, 마리아에게 솔직하게 그런 생각을 말했다. 마리아는 잠시 고개를 주억거리더니 와인을 한 모금 들이켰다.

"혹시 네 안에 있는 뭔가를 표현하고 싶은 거야? 그러면 그 한국인 친구처럼 유튜브 영상을 제작해 보는 것도 괜찮지 않아? 꼭 소설이어야 할 필요는 없는 것 같은데. 그냥 취미로 소설을 쓰겠다는 건지, 아니면 본격적으로 쓰겠다는 건지는 아직 잘 모르겠지만. 취미 삼아 쓰는 거면 아무 상관 없지만, 본격적으로 쓸 생각이면, 스티븐 킹이나 조이스 캐롤 오츠처럼 쓰지 않으면 버티기 어려울 거야."

필립 로커웨이는 별 대꾸 없이 마리아 히토미의 말을 들을 수밖에 없었는데, 우선 자신이 소설을 쓰고 싶은 마음이 얼마나 깊은지 판단할 수 없었기 때문이고, 다른 것보다 스티븐 킹이 누구이며 조이스 캐롤 오츠가 누구인지 알 수 없었고 그들처럼 쓴다는 게 무슨 말인지도 알 수 없었기 때문이었다. 그가 알고 있고 관심있는 작가는 마리아너 융게가 전부였다.

"자기, 혹시 『666, 페스트리카』라는 소설 알아?" 필립이 물었다.

"제목은 들어 봤지. 독일 작가가 쓴 작품 맞지?"

"오, 알고 있구나."

"그냥 제목 정도만 알고 있지. 넌 읽어 봤어?"

"아니, 이제 읽어 보려고. 소설 쓰는 데 도움이 될까 해서. 검색해 보니까 엄청 훌륭한 작품인 것 같더라고."

"근데 그 작품은 최근 작품이잖아."

"미국에 출간된 건 2006년이고, 독일에서는 2002년에 출간됐으니까 17년쯤 됐네."

"그것보다는 좀 더 고전적인 작품을 읽는 게 낫지 않을까?"

"『666, 페스트리카』도 이미 고전이야, 21세기의 고전."

"아니, 그러니까 내 말은, 죽은 작가의 작품을 읽는 편이 나을 거라고."

"마리아너 융게도 이미 죽은 작간데?"

필립의 말을 듣고 마리아 히토미는 살짝 한숨을 내쉬었다. 그러고 나서, 그래, 쓰는 사람은 너니까, 네가 읽고 싶은 책 읽고, 쓰고 싶은 대로 쓰는 게 제일 좋지, 라고 말했다. 그 말을 듣고 나서야 필립은 마리아의 기분이 미묘하게 바뀌었다는 사실을 간파했고, 근데 너도 소설 꽤 많이 아는구나, 몰랐었어, 라고 말했다. 필립의 말을 듣고 나서 마리아는 대학교 다닐 때 1년 정도 문예 창작 강의를 수강한 적이 있다고 했다. 딱히 소설이 쓰고 싶다거나 작가가 되고 싶다는 마음이 있어서가 아니라, 단지 글 쓰는 기술을 익히고 싶었기 때문이라고 말했다. 더불어 자신이 모르는 다양한 문학 작품을 접하고 싶은 마음도 있었다고 덧붙였다. 필립으로선 2년 가까이 만나 온 마리아에게 그런 경험이 있었다는 사실이 놀라울 따름이었다. 너도 소설 쓴 적 있구나. 필립이 말했다. 그냥 과제 제출용으로 단편 소설 두 편 정도 써 봤지. 작품이라고 할 것도 없고, 그냥 뭐랄까, 대학생의 취미 생활 정도였어. 마리아가 말했다. 그리고 나서 필립이 그 두 편을 보여 달라고 말할 것을 예측하기라도 한 듯, 예전 컴퓨터에 있던 파일이라 지금은 보고 싶어도 볼 수가 없네, 딱히 보고 싶은 마음도 없거니와, 라고 잘라 말했다. 그 후 마리아 히토미는 미국 전역에 일반인을 대상으로 하는 소설 창작 강의가 많고 문에 소설뿐만 아니라 범죄 소설이나 SF/판타지 장르의 소설도 다루고 있으니 그런 강의를 수강해 보는 것도 좋은 방법이라고 했다.

그날 밤 둘은 3주 만에 섹스를 했다. 꽤 오랜만의 잠자리였지만 애무에서 삽입에 이르기까지 물 흐르듯 자연스럽게 이어졌다. 오르가슴을 느끼자 마리아 히토미는 전과 다름없이 낮고 거친 신음을 내질렀고, 필립 로커웨이는 그 소리를 들으며 사정을 했다. 섹스가 끝난 후, 필립은 콘돔을 묶어 휴지통에 버리며 조금은 안도했다. 아직 사랑이 식지 않았어. 필립은 그렇게 생각하며 침대로 돌아왔고, 마리아를 꼭 끌어안은 채 잠이 들었다.

그날 밤 필립 로커웨이는 이상한 꿈을 꾼다. 꿈에서 필립은 마리아 히토미와 소파에 나란히 앉아 텔레비전을 보고 있었다. 무슨 내용이었는지는 기억나지 않는 텔레비전 프로그램에 한창 빠져 있던 필립은 갑자기 허전한 느낌이 들어 옆자리를 살펴보았고,

그제야 마리아 히토미가 사라지고 없다는 사실을 알아챈다. 그 순간 텔레비전에서는 미국 전역에 원인 불명의 지진이 일어나고 있다는 뉴스 속보가 방송된다. 필립은 지진과 마리아 히토미의 행방불명 사이에 밀접한 연관성이 있다는 사실을 깨닫고 곧장 지진이 일어나고 있는 곳으로 향한다. 사람들이 웅성거리는 곳으로 가 보았더니 어제까지만 해도 유유하게 흐르던 이스트강의 강물은 한 방울도 찾아볼 수 없었고, 대신 끝이 보이지 않을 만큼 깊고 거대한 어둠이 자리하고 있었다. 브루클린 브리지도 맨해튼 브리지도 지진으로 끊어져 형체를 알아볼 수 없었다. 필립은 이제 어떻게 해야 하지 이제 어떻게 해야 하지 두리번거리다가 어둠의 건너편에서 마리아 히토미가 천천히 걸음을 옮기고 있는 것을 발견한다. 그 모습을 본 필립이, 마리아! 마리아! 있는 힘껏 외쳐 봤지만 소리는 마리아 히토미가 있는 곳까지 닿지 않는 것 같았다. 아니, 둘 사이에 있는 거대한 어둠이 모든 소리를 잡아먹고 있는 것 같았다. 마리아 히토미는 느린 걸음으로 맨해튼 중심부 쪽으로 걸어갔고, 필립 로케웨이는 우선 맨해튼으로 건너가기 위해 아직 남아 있을지도 모를 윌리엄스버그 브리지 쪽으로 향한다. 하지만 얼마 가지 않아 윌리엄스버그 브리지도 이미 부서지고 없다는 사실을 알게 되었고, 그와 동시에 필립의 머릿속에 이런 의문이 떠오른다. 다리가 전부 무너졌는데 마리아는 어떻게 맨해튼으로 건너갈 수 있었을까. 아직 지진이 일어나기 전에, 다리가 무너지기 전에 건너간 걸까. 내가 텔레비전에 빠져 마리아를 소홀히 했던 게 잘못이었어. 지금으로선 어떤 내용이었는지 기억도 나지 않는 그 프로그램만 아니었으면. 마리아의 눈길과 마리아의 손길을 조금 더 소중히 해야 했어. 하지만 언제까지 그런 생각에 사로잡혀 있을 수 없었던 필립은 다시 북쪽으로 걸음을 옮긴다. 퀸스보로 브리지는 아직 무사할지도 모른다고 생각했기 때문이었다. 하지만 얼마 가지 않아 무시무시한 굉음과 함께 땅이 흔들렸고, 길가의 건물들이 허무하게 무너져 내렸다. 사람들이 팔로 머리를 감싼 채 비명을 지르며 대피했다. 필립 또한 떨어지는 건물 잔해를 피하기 위해 근처의 컨테이너 안으로 들어갔다. 필립은 벽을 더듬어 스위치를 눌렀고, 잠시 후 어둑하던 컨테이너가 환하게 밝아졌다. 그곳엔 뜻밖에도 드미트리 데이비스가 있었다. 드미트리는 필립이 찾아오리라고 예상하기라도 한 듯, 어서 와, 라고 말하더니, 그럼 이제 마리아 히토미를 찾으러 가 볼까, 라고 말하며 손에 들고 있던 스마트폰을 만지작거렸다. 그러자 갑자기 컨테이너가 움직이더니 차츰 고도를 높였다. 필립은 깜짝 놀라며, 드미트리 이게 뭐야? 라고 물었고, 드미트리는, 내 전용 로봇이지, 컨테이너 로봇, 줄여서 C.R.이라고 해, 라고 말했다. 드미트리는 손에 든 스마트폰을 조작해 C.R.을 움직였다. C.R.은 지진이 만든 땅속 거대한 어둠을 가볍게 건너뛰어 맨해튼으로 건너갔다. 필립 로커웨이는 창밖을 내려다보며, 로봇의 거친 움직임과 달리 박스 내부에는 움직임이 거의 없어, 라고 생각한다. 이스트빌리지를 지나고 그리니치빌리지를 지날 무렵, 필립은 그제야 그레이엄 밀러가 떠올랐기에 그의 행방에 대해 드미트리에게 묻는다. 드미트리는 거의 들릴 듯 말 듯 한 목소리로, 헤어졌어, 씨발, 이라고 답한다. 필립 로커웨이는 괜한 질문을 했다고 자책하며 계속해서 창밖을 내려다보며 마리아 히토미를 찾는다. 그들은 첼시, 미드타운을 거쳐 센트럴 파크에 다다랐고, 마침내 마리아 히토미를 발견한다. 곳곳에서 땅이 갈라지고 건물이 무너져 내리고 있는 와중에도 마리아의 걸음걸이에는 여유가 흘러넘쳤다. 필립은 저기 마리아가 있다고, 여기서 내리겠다고 말했지만 드미트리 데이비스는 고개를 가로저었다. 정신 차려 필립, 저건 마리아 히토미가 아니야, 그냥 어둠일 뿐이야. 필립 로커웨이는 그 사실을 받아들일 수 없었기에 드미트리 데이비스가 말릴 새도 없이 창문을 열고 밖으로 뛰어내린다. 하지만 바닥에 다다를 무렵 갑자기 지진이 일어나 필립이 발을 디뎌야 할 땅이 갈라져 버렸고, 그렇게 필립은 끝도 없는 어둠 속으로 빠져들었다.

눈물을 흘리며 잠에서 깬 필립은 옆자리에 마리아 히토미가 없다는 사실을 알고 깜짝 놀라 침대에서 일어났다. 꿈속에서 벌어진 일이 현실에서도 계속되고 있어. 그런 생각이 들자 필립은 소름이 끼쳤다. 곧장 침대 옆에 벗어 둔 바지를 주워 입고 방 밖으로 나갔다. 마리아 히토미는 거실 소파에 앉아 있었다. 텔레비전은 켜지 않은 채 가만히 앉아 멍한 얼굴을 하고 있었다. 필립은 안도의 한숨을 내쉬며, 꿈은 꿈이고 현실은 현실이야, 마리아가 갑자기 사라질 리도 없고, 뉴욕에 지진이 일어날 리도 없잖아, 라고 생각했다. 필립은 마리아 쪽으로 다가가 소파 옆에 앉았다. 마리아의 손등을 어루만졌고, 마리아의 단발머리를 쓰다듬었다. 마리아는 그제야 필립이 왔다는 사실을 알아챈 듯 필립 쪽으로 고개를 돌렸고, 필립의 어깨에 머리를 기댔다. 나처럼 이상한 꿈이라도 꾼 걸까. 필립은 그렇게 생각하며 마리아의 어깨를 감싸 안았고, 잠시 후 마리아가 속삭이는 소리를 들을 수 있었다. 처음에 마리아가 내는 소리는 음성보다는 공기의 비율이 높은, 그저 숨을 내쉬는 소리에 가까웠기에 의미를 파악할 수 없었다. 필립 로커웨이는 나지막한 목소리로, 뭐라고? 라고 물었다. 마리아 히토미는 살짝 목을 가다듬고 다시 한번 입을 뗐다. 이번에는 그 누구라도 알아들을 수 있는 목소리였다.

아빠가 돌아가셨어.

그날 오후, 마리아는 보스턴으로 돌아갈 새도 없이 필립의 집에 놓아둔 옷가지 몇 벌만 챙긴 채 우버를 타고 필립과 함께 JFC 공항으로 향했다. 필립이 마리아의 아버지에 대해 알고 있는 사실은 별로 없었다. 일본인이고, 미국 유학 시절 일본계 미국인인 마리아의 어머니와 만나 결혼했으며, 마리아가 중학생일 때 이혼해서 다시 일본으로 돌아갔다는 것 정도. 그 이후 마리아의 어머니는 미국인 남자와 재혼했고, 이후 마리아는 대학에 입학할 때까지 어머니와 새아버지와 함께 살았다는 내용 정도. 부모님이 살고 있는 보스턴이 아니라 굳이 뉴욕에 있는 대학에 입학한 이유는 무어라 특정해서 말할 수 없는 새아버지에 대한 불편함 때문이라고 했다. 필립은 그 이야기를 듣던 당시, 혹시 새아버지에게 성적인 학대를 받은 게 아닌지 조심스레 물어봤다. 아니야, 그런 일은 없었어. 마리아 히토미가 말했다. 그 이후 마리아는 부모님에 대해 이야기하려 하지 않았고, 필립 역시 더 이상 캐물으려 하지 않았다. 마리아의 친아버지에 대해서도 마찬가지였다. 부모님이 이혼한 후 마리아가 친아버지와 만난 적이 있는지, 만나지는 않더라도 가끔 메일이나 문자 메시지를 주고받는지 알 수 없었다.

마리아가 출국장으로 들어가기 전, 필립과 마리아는 한참 동안 서로를 끌어안았다. 필립은 2년 가까이 사귀는 동안 이렇게 오랫동안 가만히 포옹하고 있는 건 처음인 것 같다고 생각했다. 영화에서 보는 것처럼 우리 둘만 이렇게 끌어안은 채 서 있고, 주변을 걸어 다니는 사람은 아주 빠른 속도로 스쳐 지나가고 있겠지. 우리를 흘끗흘끗 쳐다보면서, 혹은 전혀 신경도 쓰지 않은 채. 몇 분이 지나서야 마리아는 필립의 허리에 감았던 팔을 풀었고, 필립도 마리아의 어깨에 둘렀던 팔을 풀었다. 마리아는 필립과 가볍게 입을 맞춘 후 캐리어 하나를 끌고 출국장 안으로 들어갔다. 필립은 한참 동안 마리아의 뒷모습을 바라보았지만 마리아는 결코 필립 쪽으로 고개를 돌리지 않았다.

필립 로커웨이는 공항에서 곧장 에어트레인을 타고 자메이카 역에서 E 라인으로 환승했고, 공항에서 출발한 지 한 시간 남짓 지났을 무렵엔 센트럴 파크를 걷고 있었다. 간밤에 꾼 꿈에서도 나왔고, 바로 어제까지만 해도 마리아 히토미와 함께 있었던 곳이야. 필립은 생각했다. 필립은 한동안 정처 없이 공원 이곳저곳을 걸어 다니다가 레이크 호수에서 다다랐다. 그곳에서 보트 한 대를 빌렸다. 마리아가 보트 타는 것이 싫다고 해서 함께 탄 적은 없고 그전에도 타본 적이 없는 보트를, 마리아가 일본으로 떠난 날 필립은 처음으로 탔다. 주로 커플들이 탄 보트들이 한가롭게 호수 위를 떠다니는 동안, 필립은 아무것도 하지 않은 채 보트 안에 드러누워 하늘을 바라보았다. 파란 하늘은 투명하게 보일 만큼 맑았고, 하얀 구름은 손을 뻗으면 만져질 것처럼 입체감이 있었다. 다른 보트에 탄 사람들이 나누는 이야기가 어렴풋이 들려왔고, 물가를 걸어 다니는 오리들이 이따금 꽥꽥 울었다. 습기가 촉촉하게 묻어난 바람이 몇 차례 코끝을 스쳤고, 그 순간 문득 필립 로커웨이는 평화롭다는 느낌을 받는다. 앞으로도 지금처럼 평화로운 순간은 더 이상 찾아오지 않을지도 몰라. 필립은 그렇게 생각했다. 물 위에 둥둥 뜬 채, 필립은 이전에도 없었고 앞으로도 없을지 모를 평화로움을 잔뜩 만끽했다.

해 질 무렵 센트럴 파크를 빠져나온 필립 로커웨이는 전철을 타고 곧장 브루클린으로 넘어갔다. 집에 들어가기 전, 필립은 저녁을 먹기 위해 자주 가는 수제 버거 가게로 향했다. 하지만 목적지를 20여 미터쯤 남겨 두고 눈에 띈 서점 앞에서 발걸음을 멈추게 된다. 여기에 서점이 있었네. 필립은 생각했다. 3년째 이 길을 다니고 있는데 여기에 서점이 있는 줄은 몰랐어. 그러고 보니 오늘 하루도 『666, 페스트리카』를 완전히 잊고 지냈구나, 라고 생각하며 필립은 문을 열고 서점 안으로 들어갔다. 열다섯 평 남짓한 자그마한 공간이 필립의 눈에 가장 먼저 들어왔다. 필립은 마지막으로 서점에 갔던 게 언제였는지 떠올려 봤지만 기억나지 않았다. 어쨌거나 이 서점보다는 큰 곳이었어. 필립은 생각했다. 비교하기도 어려울 만큼 큰 곳이었어. 어쩌면 여긴 서점이 아닐지도 몰라. 필립은 주변을 둘러보았다. 삼 면의 벽에 세워진 책장에는 책들이 빽빽하게 꽂혀 있었고, 한쪽 구석엔 음료를 만들 수 있는 공간이 있었다. 문 가까운 곳에 위치한 테이블에는 세 명의 사람이 둘러앉아 각자 책을 읽고 있었고, 그중 한 여자가 필립을 보더니 말을 걸었다. 편하게 둘러보세요. 갈색 단발머리의 여자는 무늬 없는 하얀 티셔츠에 청바지를 입고 있었다. 여자의 얘기를 들은 필립은, 여기, 서점 맞죠? 라고 물었다. 그러자 여자는 웃으며, 네, 맞아요, 라고 답했고, 필립은 다시, 혹시 마리아너 융게의 『666, 페스트리카』 있나요? 라고 물었다. 필립은 그토록 기다리던 책을 이제 곧 만날 수 있으리라 기대했지만, 그 책은 지금 없는데, 라는 여자의 말과 함께 기대감은 순식간에 사라지고 말았다. 하지만 수확이 없는 것은 아니었다. 필립은 여자의 설명을 통해 일반 대형 서점과 달리 주로 개인이 운영하는 이런 작은 규모의 서점을 독립 서점이라고 부른다는 것을 알게 되었고, 덤보와 브루클린 하이츠는 물론 위로는 윌리엄스버그, 아래로는 파크 슬로프까지, 현재 운영되고 있는 20여 개 서점 위치가 표시된 지도를 얻어 각 서점의 위치를 알게 되었다. 지도에는 각 서점의 특성 및 주로 다루는 서적의 종류, 휴무일과 운영 시간도 나와 있었다. 여자는 필립에게 명함을 건네며 자신의 이름은 캐런 바우어고 이 서점을 운영하고 있다고 했다. 필립도 캐런에게 명함을 건네며 이름과 직업을 말했다.

"놀리타에 있는 레스토랑에서 일하시네요. 여기 가 본 적 있어요. 음식 맛있었는데."

필립은 캐런이 하는 말을 들으며 목소리가 다정하고 편안하다고 생각했다. 당연히 직업적으로 꾸며낸 상냥함이야. 나도 손님을 대할 땐 그렇게 하니까. 하지만 그 속에 캐런 바우어 본인만의 여유로움 같은 것이 섞여서 나오고 있어. 마치 아까 레이크 호수에 누워서 본 하늘처럼 평화로운 느낌이야.

필립 로커웨이는 서점에서 나와 가게 안을 슬쩍 쳐다보았고, 등을 돌리고 있는 캐런 바우어를 바라보았다. 캐런이 입고 있는 티셔츠 등 쪽에는 "나는 너와 함께 있을 거야, 오늘"이라는 문구가 커다랗게 적혀 있었다. 필립은 그 문구를 보고 처음에는 낭만적이라고 생각했고, 몇 시간 전까지만 해도 같이 있었던 마리아 히토미를 떠올렸다. 하지만 마지막에는 생각을 바꾸었다. 저기에 적혀 있는 '너'는, 캐런 바우어에게는 어쩌면 '책'일지도 몰라. 그러니까 저 티셔츠는 일종의 근무복 같은 거야.

그러고 나서 필립은 수제 버거 가게에 가서 버섯 패티 버거를 먹었다. 버섯 패티 버거를 먹던 중 자신이 레스토랑을 그만둔 지 이미 열흘이나 지났다는 사실과, 그럼에도 캐런 바우어에게 레스토랑 명함을 줘 버렸다는 사실이 떠올랐다. 그렇지만 굳이 서점에 다시 들어가서 언제 다시 볼지 모를 캐런 바우어에게 그 사실을 알려 주는 것도 우스운 일이라는 생각이 들었다.

저녁 식사를 마친 뒤 필립은 지도를 보며 덤보와 브루클린 하이츠 일대를 걸어 다녔다. 덤보에서 두 군데, 브루클린 하이츠에서 세 군데 서점에 들렀으나 그 어떤 서점에서도 마리아너 융게의 『666, 페스트리카』를 찾을 수 없었다.

이상한 일이야. 이렇게 훌륭한 소설이 왜 서점에 없는 걸까. 규모가 작은 독립 서점이라서 그런가. 근데 꼭 규모 때문만은 아닌 것 같아. 두 군데 서점은 대형 서점이었으니까. 주문하겠냐고 물어봤을 때 그러겠다고 할 걸 그랬나. 사나흘은 걸릴 거라고 해서 안 하겠다고 했는데, 설마 다른 서점에도 전부 없으면 어쩌지.

필립 로커웨이는 허탈한 발걸음으로 집으로 향하다가 마음을 바꾸어 가끔 혼자 술을 마실 때 가는 펍으로 향했다. 바로 아래 블록인 오렌지 스트리트에 있는 펍으로, 집에서는 걸어서 5분도 채 걸리지 않는 곳이었다. 그리고 그곳에서, 필립은 거기서 만날 것이라고는 상상하지도 못한 인물과 조우한다. 로돌포 존스였다. 그제 그레이엄과 드미트리와 갔던 펍에 없었기에 같이 당구를 치지 못했던 로돌포 존스를, 그곳에서 맞닥뜨린 것이다.

필립은 로돌포에게 다가가, 헤이, 여기서 술 마시고 있었네요, 라고 말을 붙이며 옆자리에 앉았다. 로돌포는 필립을 바라봤지만 그가 누구인지 모르는 듯한 얼굴이었다. 필립은 자신이 상대방을 착각했나 하고 다시 확인했지만 그는 분명 자신이 알고 있는 로돌포 존스가 맞았다. 나 필립이에요, 주말마다 브리지 펍에서 당구 치는. 그레이엄이랑 드미트리랑 같이. 로돌포는 그 말을 듣고 나서야 필립을 알아보고, 오, 필립, 미안해요, 술기운이 올라와서 누구인지 못 알아봤네, 라고 말했다가, 매번 셋이서 보다가 혼자만 따로 봐서 그랬을 수도 있겠군, 이라고 덧붙이듯 구시렁거렸다. 그 말을 듣고 필립은 그럴 수도 있겠네, 라고 생각했는데 갑자기 로돌포가, 어쩌면 다른 이유 때문인지도 모르겠네요, 라고 말했다. 그 말을 들은 필립이 무슨 이유요? 라고 물었고, 그 물음에 로돌포는 혹시 그동안 무슨 일이 있었던 게 아니냐고 되물었다. 필립 로커웨이는 로돌포 존스와 마지막으로 만난 날을 떠올려 보았고, 이후 자신에게 어떤 일이 있었는지 생각해 보았다. 일을 그만뒀고, 시애틀에 다녀왔지. 오늘은 마리아의 아버지가 돌아가셨다는 연락을 받고 마리아를 공항에 데려다주기도 했어. 하지만 필립은, 딱히 특별한 일은 없었는데, 라고 말했다. 그러자 로돌포는, 전체적으로 분위기가, 아니 뭐라고 해야 하나, 인상이 조금 바뀐 느낌인데요, 라고 말했다. 그게 무슨 말이에요? 필립이 물었다. 어떻게 보면 인상이 뚜렷해진 것 같은데, 또 어떻게 보면 인상이 옅어진 것 같기도 하네요. 로돌포의 대답에 필립은 고개를 갸웃거렸다.

둘은 날씨 이야기며, 이튿날 있을 뉴욕 매츠와 뉴욕 양키스의 경기 이야기며, 도널드 트럼프 대통령의 이야기 등 잠시 시시껄렁한 대화를 주고받았는데, 어느 순간 필립 로커웨이가, 그나저나

이 시간에 어쩐 일로 여기서 혼자 술을 마시고 있느냐고 물었고, 로돌포 존스는 마치 그 질문을 기다리기라도 한 듯 자신의 이야기를 술술 풀어놓기 시작했다.

　로돌포 존스는 주로 서평이나 인터뷰 기사를 쓰는 프리랜서 작가였다. 그는 다른 잡지들에도 기사를 쓰지만 〈브루클린 타임스〉에 가장 많은 글을 썼고, 〈브루클린 타임스〉가 실질적으로 생활비에 가장 보탬이 되는 잡지였다. 필립은 글쓰기에 관한 이야기가 나오자 자기도 모르게 귀가 솔깃해졌지만 내색하지 않으려 했다. 로돌포는 매주 의식적으로 펍에 간다고 말했다. 매주 한 번씩, 일주일에 다만 몇 시간만이라도, 읽고 쓰는 일에서 완전히 벗어나기 위해서, 좋아하는 일이고 사랑하는 일이지만 이따금 글자의 바다에서 질식할 것 같은 느낌을 받기 때문에 펍에 간다고 말했다. 필립은 문득 생각이 나서, 근데 그제는 왜 브리지 펍에 오지 않았느냐고 물었고, 이에 로돌포는 그제는 갑자기 일이 생겼다고 말했다. 그러고 나서 테이블에 있던 보드카 마티니를 홀짝이더니 갑자기 글쓰기에서 모방과 표절이 어떻게 다른지 아느냐고 필립에게 물었다. 난데없는 질문에 필립은 뭐가 다르냐고 되물었고, 그때부터 로돌포의 설명이 시작되었다.

　"모방과 표절은 굉장히 달라요. 비슷하게 보일지도 모르지만 사실은 완전히 별개의 개념이라고 할 수 있죠. 모방에 대해서부터 얘기해 볼까요. 아, 어디까지나 저는 글쓰기에 국한해서 말하는 겁니다. 다른 장르의 창작이나 예술, 그러니까 음악이나 미술, 아니면 영화, 드라마, 만화, 뮤지컬 등과는 결이 조금 다를지도 몰라요. 그럼 우선 모방에 대해서. 모방은 아이디어를 슬쩍 가져오거나 문체나 분위기에 영향을 받거나 배경이나 설정을 적절히 변주해서 쓰는 걸 말해요. 모방은 다른 작가의 책을 읽는 작가들, 그러니까 실질적으로 모든 작가가 의식적으로나 무의식적으로 하고 있는 일이라고 할 수 있죠. 바꿔 말하면, 우리가 알고 있는 대부분의 1급 작가들은, 사실상 1급 모방 작가라고 해도 과언이 아니라는 말이에요. 그렇다면 이런 의문이 떠오를 수 있겠죠. 평범한 모방 작가와 1급 모방 작가는 무엇이 다른가. 어떤 차이점 때문에 모방 작가의 등급이 나뉘는 건가. 나뉠 수밖에 없는가. 1급 모방 작가에게는 그들만의 고유한 특성이 있어요. 그건 바로, 그들이 모방하는 대상이 눈이 멀어버릴 만큼 단단하고 빛나는 것이라는 점이죠. 영원에 가까운 시간 동안 빛나는 것. 한마디로 말하자면, 그들은 진짜만을 모방해요. 그러니까 그들이 1급 모방 작가인 이유는 진짜를 볼 수 있는 안목이 있기 때문이고, 그것을 자기 것으로 소화해 낼 수 있는 능력이 있기 때문입니다. 1급 모방 작가의 두 번째 특성은, 이건 뭐 당연한 소리이기는 한데, 그들은 자신들이 무언가를 모방했다는 사실을 결코 독자들에게 들키지 않습니다. 물론 그들끼리는 알아볼 수 있을지도 모르죠. 하지만 일반 독자나, 심지어 오랫동안 문학 공부를 한 전문적인 독자 또한 알아채지 못합니다. 1급 모방 작가는 각종 문학상을 수상하고 문학사에 이름을 올립니다. 물론 문학상을 수상하지 못하는 1급 모방 작가도 다수 있고, 문학사에 이름을 올리지 못하는 1급 모방 작가도 있어요. 하지만 그런 작가들에겐 반드시 부활의 시간이 찾아옵니다. 죽고 난 뒤에서야 자기만의 독자를 확보하는 1급 모방 작가도 있다는 말입니다. 바꿔서 말하면, 시대를 너무 앞질러서 태어난 작가다, 라고 할 수 있겠죠. 결론적으로 말하자면, 1급 모방 작가는 죽고 나서도 읽힙니다. 독자가 많을 수도 있고 적을 수도 있으며 사후 50년으로 생명이 완전히 끝날 수도 있고 -대부분 1급 모방 작가의 운명입니다- 500년까지 계속 이어질 수도 있지만 -한 손으로 꼽을 수 있을 만큼 극소수예요- 어쨌거나 읽힙니다. 미국뿐만 아니라 영어권 이외의 다른 나라에서도 말이죠. 참고로 덧붙이자면, 현재의 판매량은 그들의 등급을 나누는 데 아무 관계가 없습니다. 잘 팔리는 1급 모방 작가도 있는 반면, 안 팔리는 1급 모방 작가도 있으니까. 그럭저럭 팔리는 1급 모방 작가도 있는가 하면, 출간이 됐는지조차 모르는 1급 모방 작가도 있어요. 다시 한번 말하지만 1급 모방 작가는 판매량과는 아무 관계가 없습니다. 자, 그럼 1급 모방 작가에 대한 이야기는 이쯤에서 끝내고, 이제 2급 모방 작가로 넘어가 보죠. 가장 먼저 언급해야 할 것이, 2급 모방 작가의 작품은 대부분 잘 팔린다는 점입니다. 그러니까 2

급 모방 작가의 가장 큰 특성은 잘 팔린다는 점이라고 할 수 있죠. 독자들은 2급 모방 작가의 작품을 읽으며 익숙함을 느끼고 편안함을 느끼며 기쁨과 즐거움을 맛봅니다. 무엇보다 우리는 감동을 느낍니다. 오직 글자와 이야기만으로 독자를 감동시키는데, 그건 아주 힘든 일이에요. 특히 요즘처럼 영상 매체가 발달한 시기에는 더욱 그렇습니다. 화려한 시각 효과 없이, 적절한 배경 음악 없이, 오직 글자와 이야기만으로 독자를 감동시킵니다. 그런 점에서 2급 모방 작가 또한, 비록 2급이라는 딱지를 붙이기는 했지만, 훌륭한 작가라고 할 수 있어요. 운이 좋은 경우 1급 모방 작가를 제치고 문학상을 수상할 수도 있습니다. 심지어 세계 최고의 문학상이라고 할 수 있는 노벨문학상 또한 수상할 수 있어요. 퓰리처상이나 전미도서상도 마찬가지고. 요컨대 문학상 같은 것으론 1급 모방 작가와 2급 모방 작가를 구분할 수 없다는 말입니다. 어쨌거나 2급 모방 작가의 운은 딱 거기까지예요. 판매량과 문학상. 그들은 1급 모방 작가와는 달리 문학사에 이름을 올리지 못합니다. 뿐만 아니라 사후 10년이 지나면 헌책방에서도 그들의 책을 찾아볼 수 없죠. 사실 10년도 길다고 할 수 있고, 어쩌면 2급 모방 작가는 죽음과 동시에 사라지는 운명에 처한 작가라고 할 수 있습니다. 아, 중요한 걸 빼먹었네요. 1급 모방 작가가 '진짜'를 모방한다고 했는데, 그럼 2급 모방 작가는 무엇을 모방하는가. 그들은 주로 1급 모방 작가의 작품을 모방합니다. 간혹 2급 모방 작가의 작품을 모방하기도 하고요. 그러니까 2급 모방 작가는 1급 모방 작가의 작품과 2급 모방 작가의 작품을 모두 다 모방합니다. 자신들에게 필요한 모든 것을, 의식적으로든 무의식적으로든 말이죠. 앞서도 말했듯이 모방과 표절은 다릅니다. 2급 모방 작가가 하는 일은 어디까지나 모방이지 표절은 아닙니다. 이 얘기는 나중에 다시 하기로 하고, 마지막으로 3급 모방 작가에 대한 이야기로 넘어가죠. 3급 모방 작가의 가장 큰 특징은 무엇이냐. 3급 모방 작가의 책은 대체로 안 팔린다는 특징이 있습니다. 간혹 잘 팔리는 경우도 있긴 하지만 그건 특정 세대나 특성 성별 혹은 특정 인종이나 특정 종교 그도 아니면 특정 지역이나 특정 집단에 한해서만 그렇고, 대부분은 안 팔린다고 하는 게 맞습니다. 3급 모방 작가가 안 팔릴 확률은 2급 모방 작가가 문학상을 받을 확률보다 높으니까요. 그들은 풍화 속도 또한 엄청나게 빠릅니다. 그들의 책은 출간되고 5년이 지나고 나면, 아무리 길어 봤자 10년이 지나고 나면, 먼지가 되어 이 세상에 있었는지 없었는지도 모른 채 사라지고 맙니다. 안타까운 일이죠. 하지만 독자는 현명하니까요. 책을 많이 읽는 독자든 적게 읽는 독자든, 3급 모방 작가를 거를 줄 안다는 점에서 독자는 현명합니다. 그들에겐 다만 여유가 없을 뿐이에요. 시간에 쫓기지 않고 독서할 여유 말입니다. 과거나 미래, 바꿔 말하면 현재에 쫓기지 않고 독서할 여유가 없어요. 1급 모방 작가가 '진짜'를 모방하고 2급 모방 작가가 1급, 2급 모방 작가를 모방한다고 했죠? 그렇다면 3급 모방 작가는 무엇을 모방할까요. 네, 그들은 주로 2급 모방 작가의 작품을 모방합니다. 2급 모방 작가의 스타일이나 상상력 혹은 대중성이나 감동 포인트 같은 것들. 하지만 그들이 하는 건 어디까지나 모방입니다. 1급 모방 작가도 하고 2급 모방 작가도 하는 모방. 요컨대 모든 작가가 하는 모방. 다시 한번 강조하는데, 모방과 표절은 달라요. 자, 이쯤 해서 제대로 짚고 넘어갑시다. 그렇다면 도대체 표절은 무엇인가. 표절과 모방은 어떻게 다른가. 표절은 간단히 말하자면 컨트롤 C와 컨트롤 V의 조합이라고 할 수 있습니다. 다른 사람이 쓴, 맘에 들거나 인상적인 문장을 복사해서, 자신의 글에 그대로 갖다 붙인다. 그 어떤 인용 부호나 그 어떤 코멘트도 첨부하지 않은 채로. 간단하죠? 표절 작가들이 하는 일이 바로 이겁니다. 하지만 진정한 표절 작가는 여기에 한 가지 일을 덧붙여요. 그들이 무시무시한 이유는 여기에 있습니다. 정신분석학적으로 연구해 봐야 하지 않을까 궁금하기 짝이 없는 일. 네, 바로 자신이 했던 일을 잊어버리는 것입니다. 방금 자신이 저지른 행위를 완전한 망각의 바닷속으로 빠트리는 일이죠. 자신이 베꼈다는 행위 자체를 기억 속에서 완벽하게 삭제해 버리는 것입니다."

로돌포 존스는 어깨를 한번 으쓱하더니 보드카 마티니를 다시 한번 홀짝였다. 필립 로커웨이는 모든 작가가 사실은 모방 작가라는 로돌프의 말을 제대로 이해하기 어려웠고, 그들 사이에 등급이

나뉜다는 점도 받아들이기 어려웠지만, 무엇보다 자신이 했던 질문, 그러니까 어제 브리지 펍에 오지 않은 일과 이 모든 모방과 표절에 관한 이야기 사이에 어떤 관련이 있는지 도무지 파악할 수 없었다. 그래서 필립은 다시 한번 로돌포에게 물었다. 대화는 묘하게 질의응답 형식, 혹은 인터뷰 형식으로 이루어졌다.

"근데 어제 브리지 펍에 오지 않은 이유가 뭐죠?"

"회의가 있었어요. 〈브루클린 타임스〉에 글을 기고하는 필자들이 급하게 모일 수밖에 없었죠."

"중요한 일이었나 보네요."

"지난주에 필자 한 명이 어떤 소설에 대한 서평을 썼어요. 서평 자체는 나쁘지 않았죠. 소설에서 좋았던 부분을 몇 군데 짚긴 했지만, 전성기의 작품과 비교하면 전체적으로는 조금 아쉽다, 뭐 그런 내용의 서평. 사실 그 소설을 쓴 작가가, 대략 5, 6년 동안 소설 집필을 중단했었거든요."

"뭐 때문에요?"

"표절이 적발돼서. 법적으로 표절이라고 결론이 난 건 아니에요. 법적인 문제로까지는 번지지 않았으니까. 하지만 그 작가가 쓴 문장의 일부는 다른 작가의 문장을 그대로 가져다 쓴 거였어요. 미국에서는 그다지 유명하지 않은 일본 작가의 작품에서. 노벨문학상을 받은 작가도 아니었고 무라카미 하루키처럼 인기 있는 작가도 아니어서 발견이 조금 늦어졌죠. 일본 문학을 전공하던

한 대학원생이 우연히 발견했거든요."

"우연히 발견했다?"

"네, 그건 정말 우연한 일이었어요. 비교하자면, 브라이턴 해변 어딘가에 떨어뜨린 1센트짜리 동전을 1년 뒤에 브라이턴 해변 어딘가에서 다시 발견하는 것과 유사한 정도의 확률이에요. 아주 희박한 확률, 사실상 불가능에 가까운 확률이고, 그러니 그건 우연이라고밖에 말할 수 없죠. 어쨌거나 그 사실이 인터넷상에서 공론화되었고 덩달아 기사화까지 되면서 한때 문학계와 출판계가 시끌벅적했어요. 그 작가는 별다른 사과나 반성의 말도 없이 수면 아래로 사라지는 길을 택했고, 이후 5, 6년 만에 다시 책을 출간한 거죠."

"근데 뭐가 문제예요? 법적으로는 문제가 안 됐다면서요?"

"표절은 엄격하게 금지되고 있는 문제니까요. 하긴, 요즘처럼 인용과 차용과 변용이 종횡무진으로 이뤄지는 시대에 '엄격하게' 금지되고 있다는 말에는 어폐가 있을 수도 있겠네요."

"솔직히 아까 말해 준 모방과 표절이 어떻게 다른지 아직 잘 모르겠어요."

"그럼 다시 설명해 볼까요? 두 작품을 비교해 보고, 이거 좀 비슷한데? 라고 느끼면 그건 모방이에요. 아까도 말했듯이 인용과 차용과 변용이 많고, 패러디나 오마주 작품도 많으니 모방이라고 말하기 어려운 작품들도 있지만, 어쨌거나 뭔가 비슷하다고 느끼면 거기까지는 모방이에요. 반면에 표절은 비슷하다고 '느끼는' 게 아니에요. 이건 완전히 똑같잖아, 하고 '알아 버리는' 거지."

"느끼는 것과 알아 버리는 것의 차이라… 근데 아까 말한 작가가 표절을 했다?"

"그렇죠. 맞아요. 물론 표절 작가도 다시 작품을 발표할 수 있죠. 아까 제가 망각의 바닷속으로 빠뜨린다느니 어쩐다느니 말하긴 했지만, 어쩌면 정말, 진짜로, 실수였을지도 몰라요. 문제는 그런 작가의 신작을 우리 잡지에서 다뤘다는 점이에요. 그 작가가 쓴 소설의 서평을, 〈브루클린 타임스〉 편집위원들이 별다른 문제의식 없이 잡지에 실었다는 점이죠."

"근데 그 작품 자체는 표절 작품이 아니잖아요. 과거에 표절을 했다고는 하지만, 그것도 법적으로 처벌을 받은 것까지도 아니고. 근데 그게 그렇게까지 문제가 되나요?"

"누구나 실수를 하고 잘못을 저지르죠. 그리고 나서 반성을 하고 회개를 하고. 물론 아닌 사람도 있겠지만. 어쨌거나 잘못을 저지른 사람도 다시 사회로 돌아와 사람들과 어울리며 살아 나가야 해요. 하지만 여기서 짚어야 할 포인트는, 그가 돌아와야 할 사회가, 사람들의 시선이 주목되는 무대 위가 되어서는 안 되는 점이에요. 〈브루클린 타임스〉의 서평란이 일종의 무대 역할을 한 셈이죠. 다시 말하면, 표절을 저지르고도, 잘못을 저지르고도, 언제든 다시 주목받을 수 있다는 의미가 되는데, 이게 문제라는 거죠."

필립 로커웨이는 속삭이듯이 "그렇구나."라고 말했고, 로돌프 존스는 계속해서 말을 이었다.

"잡지 홈페이지 게시판에 독자 한 명이 글을 올렸어요. 표절자의 소설을 서평으로 다루다니, 오랜 구독자로서 믿을 수 없는 일이다, 잡지 편집위원은 물론이고 앞으로 이 잡지에 글을 기고하는 필자들은 표절 문제에 문제의식이 없거나 내심 표절 행위에 동의하거나 심하게는 언제든 표절할 각오가 있는 사람이라 간주하고 잡지를 보이콧할 계획이다, 뭐 그런 내용의 글. 게시판이 난리가 났어요. 수많은 구독자가 보이콧에 참여한다는 댓글을 남겼고, 〈브루클린 타임스〉뿐만 아니라 그 작가의 작품을 출간한 출판사마저 보이콧을 당했죠."

"아, 그래서….

"그래서 어제 〈브루클린 타임스〉에 기고하는 작가들끼리 모여서 대책 회의를 했어요. 당구도 못 치고 말입니다."

"답은 나왔나요?"

"어떤 답?"

"〈브루클린 타임스〉에 계속 기고할 것인가 아니면 그만둘 것인가."

로돌포 존스는 고개를 천천히 저으며 말했다. 아니요, 안 나왔어요. 그러고 나서 방금 한 말을 부정하기라도 하듯 다시 빠르게 고개를 저었다.

"아니, 실은 나왔다고 해야겠죠."

"어떻게요?"

"마음 한구석에 찝찝함을 유지한 채, 다들 계속 글을 기고할 것 같아요. 그렇다고 해서 표절을 지지한다는 의미는 아니에요. 절대로. 표절은 근절돼야 할 일이니까. 다른 사람들도 비슷하겠지만, 어쨌거나 나 같은 경우는 생계 문제가 가장 컸어요. 당장 〈브루클린 타임스〉에 기사를 끊으면 월세를 못 내는 상황에 처하니까."

밤 12시를 넘겨 집으로 돌아온 필립은 오늘 하루가 그 어느 때보다 다채로웠다고 생각했다가 이내 고개를 가로젓는다. 다채로웠다는 말은 정확한 표현이 아니야. 이런저런 예상치 못한 일이 많았다는 건데, 이걸 정확하게 표현할 만한 단어가 생각나지 않아. 그러고 나서 필립은 샤워 부스에 들어가며 오늘도 결국 『666, 페스트리카』를 사지 못했다는 사실을 떠올린다. 저녁에 몇 군데 들른 서점에 책이 없었기 때문이고, 그전에는 책을 사야 한다는 사실을 까맣게 잊고 있었기 때문이야. 전날엔 마리아와 함께 있느라, 그 전날엔 드미트리와 그레이엄과 함께 있느라 그랬어. 내일은 꼭 사야지. 내일 들를 서점에는 아마 책이 있을 거야. 만약 내일도 못 구하면, 대형 서점에 가서 따로 주문을 해야겠어. 필립은 샤워 헤드에서 나오는 물줄기를 맞으며 계속 생각한다. 근데 난 왜『666, 페스트리카』를 사려고 하는 걸까. 자문할 필요도 없는 문제인가. 소설을 쓰고 싶기 때문이지. 오늘 만난 로돌포 존스의 말을 빌리면, 1급 모방 작가의 작품을 모방해서 소설을 쓰고 싶기 때문이야. 그렇다면 난 2급 모방 작가가 되는 건가. 아니, 그 전에, 마리아너 융게는 1급 모방 작가일까? 설마 2급 모방 작가는 아니겠지. 문학상을 그렇게 많이 받은 사람인데. 마리아너 융게는 문학사에 이름을 올렸을까? 근데 로돌포는 1급 모방 작가의 특성만 설명하고 거기에 누가 속해 있는지 말하지 않았어. 그러니까 1급 모방 작가에는 누가 있고, 2급 모방 작가에는 누가 있으며, 3급 모방 작가에는 누가 있는지 알려 주지 않았어. 말해도 내가 모를 거라고 생각해서일까. 근데 진짜란 무엇일까. 1급 모방 작가가 모방한다는 '진짜'라는 건 과연 무엇일까. 필립은 머리를 감고 몸에 비누칠을 하는 와중에도 계속해서 생각한다. 문제는 1급 모방 작가냐 2급 모방 작가냐가 아니야. 어째서 나는 소설이 쓰고 싶어졌는가 하는 점이지. 왜 하필 소설인가. 어째서? 왜? 답은 하나밖에 없어. 강력한 욕구에 사로잡혔기 때문이야. 그날, 레스토랑 동료들과 퇴사 파티 겸 술을 마시고 집으로 돌아오던 길에, 강력한 욕구에 사로잡혔기 때문이야. 근데 엄밀히 말하면 그건 욕구라고 할 수 없어. 하지만 욕구가 아니면 뭐지? 욕망이나 소망 같은 것도 아니야. 그런 종류의 감정은 아니야. 그렇다고 결심이나 의지라고 말할 수도 없고, 각오나 다짐이라고 말할 수도 없어. 굳이 표현하자면, 그래, 그건 충동에 가까운 감정이었어. 충동. 그날, 술에 취한 채 브루클린 브리지를 건너던 어느 순간, 나는 소설을 쓰고 싶다는, 소설을 써야겠다는 강렬한 충동에 사로잡혔어. 필립은 수건으로 몸을 닦으며, 일을 그만두고 최근 열흘 동안 있었던 일들에 대해 생각한다. 누군가 소설을 쓰고 싶다는 충동에 사로잡히면, 세상은 그에게 소설을 쓸 수 있는 상황을 만들어 주는 걸까? 어떤 이야기를, 어떤 경험을, 어떤 상상력을? 그게 아니라면 반대로, 소설을 쓸 수 있는 상황이 주어지면, 세상은 그에게 소설이 쓰고 싶다는 충동을 전해 주는 걸까. 요 며칠 겪은 일들이 소설적으로 느껴지긴 하지만 그걸 그대로 소설로 써도 되는 걸까. 내가 겪은 일을 소설로 써도 되는 걸까. 내가 만난 사람들, 내가 한 말이나 생각을 누가 재미있게 읽어 줄까. 필립은 옷장에서 속옷과 티셔츠를 꺼내 입으며 열흘 전까지만 해도 몸담고 있었던 놀리타의 이탈리안 레스토랑을 떠올린다. 레스토랑 일을 그만두지 않았더라면 어땠을까. 소설을 쓰고 싶다는 충동이 일어났을까. 따지고 보면 이 모든 일은 부매니저 때문에 일어난 일이야. 다른 동료들이나 매니저와의 관계는 좋았어. 셰프들과의 관계도 괜찮았고. 부매니저 제임스 그리팔코니만 없었더라면 나는 계속 그 레스토랑에서 주방 일을 했겠지. 제임스가 왜 그런 레스토랑에서 일하고 있는지는 아무도 몰라. 비록 아버지가 레스토랑의 소유주라고는 하지만, 하버드 대학까지 나온 사람이 굳이 맨해튼의 자그마한 이탈리안 레스토랑에서 일하고 있다니. 물론 하지 말라는 법은 없지만, 레스토랑 부매니저 같은 일은 굳이 대학을 나오지 않아도, 그러니까 나 같은 사람이라도 경험만 조금 더 쌓으면 충분히 할 수 있는 일이야. 그래, 물론 제임스 같은 또라이는 어느 레스토랑에나 한두 명씩은 있어. 옷에 묻은 자그마한 케첩 자국 하나를 가지고 10분 동안 잔소리를 하지 않나, 내 퇴근 시간을 얼마 남겨 두지 않은 시점에 재료를 다듬어야 한다며 양파를 잔뜩 꺼내 오질 않나, 정해진 근무 시간이 있는데도 손님이 뜸한 시간이라며 강제로 근무 시간을 변경하지 않나. 필립 로커웨이는 거기까지 생각하다가 고개를 절레절레 젓는다. 굳이 과거의 불쾌했던 기억을 떠올리지 말자. 그런 수준의 또라이는 지난번 차이나타운에서 일했던 중국식 레스토랑에도 있었고, 지지난번 프로스펙트에서 일했던 스테이크 하우스에도 있었어. 아마 앞으로 일할 레스토랑에도 있을 거야. 그렇다면 그런 또라이를 만날 때마다 퇴사와 입사를 반복할 수밖에 없나. 어딜 가나 마찬가지라면 아예 업종을 바꾸더라도 별로 달라질 게 없을 텐데. 결국 내가 적응할 수밖에 없는 것 아닐까. 다른 사람들도 다들 적응해서 살아가듯, 나 역시 또라이들이 하는 또라이 짓에 적응하고 사는 수밖에 없는 것 아닐까. 필립은 책상 앞에 앉아 컴퓨터를 부팅시키며 생각했다. 내가 브루클린 하이츠에 살면서도 일을 이렇게 쉽게 그만둘 수 있는 건 이 집의 월세를 내지 않아도 되기 때문이지. 크랜베리 스트리트에 있는 이 스튜디오 하우스 302호의 방세를 내지 않아도 되기 때문이야. 내 또래 비슷한 업종의 다른 사람들보다 쉽게 돈을 모을 수 있기 때문이고, 일을 그만두고도 모아 둔 돈으로 몇 달 정도는 그럭저럭 먹고살 수 있기 때문이야. 직장에 불만을 가지면서도 투덜거리기만 할 뿐 계속 일을 할 수밖에 없는 그레이엄이나 드미트리와는 상황이 달라. 구독자들에게 표절 작가를 옹호한다는 비판을 받으면서도 〈브루클린 타임스〉에 계속 글을 기고할 수밖에 없는 로돌포 존스의 상황과도 달라. 이건 분명 형에게 고마워해야 할 일이야. 형의 죽음 덕분에 내가 형이 쓰던 자동차와 형이 살던 집을 물려받을 수 있었으니. 그나저나 다음 달이면 어느새 형의 3주기야. 필립은, 형이 살아 있었다면 내 삶은 지금과는 많이 달라졌겠지, 라고 혼잣말을 하고 나서 이내 형에 대한 생각을 억누른다.

이후 필립 로커웨이는 마리아 히토미가 해 준 이야기를 떠올리고 브루클린에서 진행되고 있는 소설 창작 강의가 있는지 검색한다. 대학 내 강의들이 먼저 검색되었고 독립 서점에서 진행되는 강의도 몇 개 검색되었다. 온라인으로 수강할 수 있는 강의나 유튜브에서 볼 수 있는 강의도 눈에 띄었다. 브루클린뿐만 아니라 맨해튼이나 퀸즈에서 다양한 방식으로 창작 강의가 운영되었기에 필립은 세상에 소설을 쓰고 싶어 하는 사람이 이렇게 많은 건가 내심 놀라고 말았는데, 그러다 문득 마리아너 융게는 어땠는지, 마리아너 융게는 어떤 창작 강의를 들었는지 궁금해졌다. 검색 결과 마리아너 융게는 뜻밖에도 시 창작 강의만 들었을 뿐 소설 창작 강의는 듣지 않았다는 사실을 알게 되었고, 필립은, 그렇다면 나도 시 창작 강의를 들어야 하는 걸까, 하고 잠시 갈등했지만, 소설 창작 방법도 모르는데 어떻게 시 창작을 할 수 있겠어, 라고 생각하며 고개를 저었고, 그래, 어차피 마리아너 융게는 나와는 다른 20세기 사람이고, 나와는 다른 유럽 사람, 나와는 다른 독일 사람이니 굳이 그의 노선을 그대로 따를 필요는 없을 것 같아, 그래, 당장 소설 창작 강의를 수강하기보다는 처음 생각했던 것처럼 『666, 페스트리카』를 읽으면서 소설이란 무엇이고 좋은 소설이란 무엇인지에 대해 궁리해 보는 편이 낫겠어, 라고 다시 한번 사고를 전환시켰다.

하지만 당장 그의 손엔 『666, 페스트리카』가 없었고, 사고 전환이 무색하게도 필립은 키보드를 두드려 '소설 쓰는 방법'에 대해 검색한다. 그리고 몇 가지 검색 결과를 확인하던 중 필립은 한 블로그에서 어느 외국 작가가 만들어 둔 일종의 이야기 목록 모음을 발견한다. 소설 쓰는 방법에 대해 이야기하던 블로그 운영자는 그 외국 작가가 쓴 총 179개의 이야기 목록 중 흥미로운 목록을 골라 상상력을 발휘해서 멋대로 다시 써 보거나, 두세 가지 이야기 목록을 결합해서 완전히 새로운 소설을 써 보는 것을 제안했다. 블로그의 글을 읽으며 필립은 왠지 모르게 상상력이 자극되는 몇 가지 목록을 발견했는데, 예컨대 "소설을 구상하며 쓰레기를 버리러 내려가는 소년"이라든지 "오스트레일리아인 세계 여행가를 따라다니는 겉멋 든 조카"라든지 "계속해서 라디오를 들으며 소시지를 먹고 있는 뚱뚱한 부부"가 그러했다. 또한 "헌책방 일대를 돌아다니며 괴로워하는 '언어 암살자'" 목록에서 필립은 브루클린 일대 서점을 돌아다니며 찾는 책이 없어서 괴로워하는 자신의 모습을 떠올렸고, "팔을 뻗어 올려 올림픽 성화를 들고 있는 젊은 여인" 목록에선 왠지 모르게 마리아 히토미가 올림픽 성화를 들고 있는 모습이 떠올랐고, "6개월 동안 방에서 나가지 않은 대학생" 목록에서는 고등학교 졸업 후 한때 히키코모리 생활을 했다는 그레이엄 밀러를 생각했고, "아파트 월세를 높여 받을 생각을 하는 건물 관리인" 목록을 보면서 아래층에 사는 올리비아 후아레스가 우리 건물 관리인은 월세 높이는 데는 관심이 없어서 좋다고 했던 이야기를 떠올렸고, "한 신문에서 자신의 부고 기사를 발견하는 마크 트웨인" 목록에서 필립은 아는 작가의 이름이 나와 반가움을 느꼈다.

필립 로커웨이는 블로그에 있는 179개의 이야기 목록을 찬찬히 훑었고, 문득 이런 의문이 들었다. 근데 목록 개수가 왜 하필 179개일까. 170개나 180개도 아니고 굳이 179개를 작성한 이유가 있을까. 필립의 의문은 계속 이어졌다. 이 작가에게 179라는 숫자는 어떤 의미가 있을까. 특별한 의미가 있는 걸까. 어차피 전부 직접 만들어 낸 이야기잖아. 나라면 21개 목록을 더 작성해서 목록을 200개로 채웠을 텐데. 아니, 딱 하나만 더해서 180개까지만 만들었어도 괜찮았을 거야. 거기까지 생각한 필립은, 그래, 다른 작가가 만들어 둔 목록을 참고해서 소설 쓰기 연습을 하는 것보다는, 내가 직접 목록을 만들고 그 목록을 토대로 소설을 쓰는 것도 나쁘지 않을 것 같아, 라고 다시 사고를 전환시켰다. 하지만 그즈음 이미 새벽 3시가 다 되어 가는 시간이었고, 필립은 내려앉는 눈썹의 무게를 더 이상 감당할 수 없었다.

오전 11시 무렵 잠에서 깬 필립 로커웨이는 식탁 위에 있던 바나나를 먹으며 허기를 때웠다. 이후 세수를 하고 머리를 감은 뒤 곧장 파크 슬로프에 있는 서점으로 향했다. 『666, 페스트리카』를 구하기 위해서였다. 하지만 이번에도 허탕이었다. 한 군데 대형 서점과 두 군데 독립 서점 모두 『666, 페스트리카』가 없었던 것이다.

원하는 책은 구하지 못했지만 필립은 3년 만에 찾은 파크 슬로프에서 옛 시절을 추억했다. 고등학교를 졸업하고 나서 처음으로 독립생활을 시작한 동네. 그사이 많은 것들이 변했어. 필립은 생각했다. 처음 파트타임으로 일했던 5번 스트리트의 스테이크 하우스 자리에는 프랜차이즈 햄버거 매장이 생겼고, 항상 부러움의 시선으로 올려봤던, 3번 스트리트와 8번 애비뉴가 만나는 모퉁이에 있는 스튜디오 아파트는 철거 중이었어. 근데 아파트 꼭대기에는 왜 포크레인이 올라가 있는 걸까. 어떻게 올라간 걸까. 포크레인으로 아파트를 철거하는 걸까. 바닥 혹은 천정을 부수다가 포크레인까지 추락할 수 있지 않을까. 자주 들르던 스미스 스트리트의 프랑스 식당도 이탈리안 식당으로 업종이 변경됐고, 7번 스트리트에 있던 펍은 아예 옷 가게로 바뀌어 있었어. 하지만 사실 대부분의 것들은 바뀌지 않았어. 내가 처음 자취를 시작한, 11번 스트리트의 비좁은 아파트도 그대로 있었고, 4번 스트리트와 5번 애비뉴가 만나는 모퉁이에 있는 햄버거 가게도 그대로 있었고, 5번 애비뉴와 캐럴 스트리트 모퉁이에 있는 펍도 그대로 있었어. 무엇보다 지금 내가 있는 프로스펙트 공원도 그대로고 내가 즐겨 앉던 벤치도 그대로야. 운동을 하거나 산책을 하는 사람들도 그대로고, 신나서 뛰어다니는 강아지들도, 바람에 흔들리는 진녹색의 나무들도, 나무 사이로 보이는 파란 하늘과 하얀 구름도 전부 그대로야.

잠시 추억에 잠겨 있던 필립은 어디선가 들려오는 소리에 귀를 기울인다. 노인의 목소리. 노인이 부르는 노랫소리. 처음에 필립은 공원 안에서 누군가 버스킹을 하고 있다고 생각했다. 이런 곳에서도 공연을 하는구나. 하지만 노랫소리가 들리는 곳으로 다가가 보니 상상하던 버스킹이 아니었다. "브루클린 공산주의자"라는 노란색 문구가 새겨진 붉은색 티셔츠에 청바지를 입고 있는 노인은, 관객을 의식하고 부르는 것이 아니라 그저 자기 흥을 주체하지 못해, 어쩌면 술기운에 취해, 절제된 동작으로 오른팔을 아래위로 움직이며, 노래를 부르고 있었다. 필립은 가까이 다가가서야 반복되는 후렴구의 노랫말을 알아들을 수 있었다.

"이것은 최후의 투쟁이니 각자 자신의 자리를 지키자 인터내셔널 노동자 계급은 인류가 될 것이다!"

뭐 하는 사람일까. 필립은 궁금한 마음이 일었다. 혼자 시위를 하는 건가. 아니면 그냥 노숙자인가. 지켜보는 사람도 별로 없는 것 같은데 왜 이런 곳에서 노래를 부르고 있을까. 돈을 벌기 위해서도 아니고 노래 연습을 하기 위해서도 아니야. 목소리는 나쁘지 않은데 가사가 직설적이고 자극적이야. 최후의 투쟁이니 노동자 계급이니, 이런 가사를 좋아할 사람이 어디 있겠어. 필립은 그렇게 결론을 내리고 발걸음을 돌리려고 했다. 하지만 때마침 노인과 눈이 마주치고 말았다. 노인은 필립을 향해 인사치레로 슬쩍 눈짓을 했고, 필립 역시 노인의 부리부리한 눈망울을 보며 답례로 아는 체를 하지 않을 수 없었다. 필립은 잠시 서서 노인이 부르는 노래를 조금 더 들었고, 노인이 눈을 감은 채 노래에 빠져들 무렵 재빨리 그곳에서 벗어났다.

필립 로커웨이는 7번 애비뉴에 있는 빵집에서 샌드위치로 점심을 때웠고, 곧장 클린턴 힐 쪽으로 넘어갔다. 그리고 풀턴 가에 있는 독립 서점 앞에서 예상치도 못한 사람을 만났다. 바로 아랫집에 사는 올리비아 후아레스였다.

"오, 필립, 아파트에서는 못 만나고 여기서 보네요."

올리비아가 먼저 반갑게 말을 걸었다.

"오랜만이에요, 올리비아. 잘 지냈죠?"

그러고 나서 필립은 책 좀 살 게 있어서 서점에 왔다고 말했고, 올리비아는 필립이 어떤 책을 사려고 하는지 정말 궁금해서가 아니라 그저 대화를 이어 가기 위해 어떤 책인지 물어봤는데, 필립의 입에서 『666, 페스트리카』라는 제목이 나오자 올리비아는 반가워하며, 자기도 그 책 가지고 있다고, 분량도 많고 내용도 쉽지 않아 아직 다 읽지는 못했지만 흥미로운 소설이라고 말했다. 필립역시 올리비아가 그 책을 알고 있으리라고는, 심지어 읽어 봤으리라고는 예상하지 못했기에 꽤 놀랄 수밖에 없었고, 『666, 페스트리카』를 알고 있다는 사실 자체만으로 둘은 그간에는 느끼지 못했던 은근한 연대감을 느꼈다. 그리고 둘은 함께 서점으로 들어가 『666, 페스트리카』가 있는지 확인했다. 이번에도 역시 재고가 없었다.

"벌써 몇 번째 허탕인지 모르겠어요." 서점을 나서며 필립이 말했다.

"그게 무슨 말이에요?" 올리비아가 물었다.

"『666, 페스트리카』 말이에요. 어제부터 서점 여러 곳을 들렀는데 가는 곳마다 재고가 없었거든요."

"아마존에서 주문하지 그래요. 요샌 잘나가거나 화제가 되는 책 아니면 서점에서 재고 찾기가 쉽지 않으니까."

"그렇군요."

"독립 서점에 두기에 『666, 페스트리카』는 너무 잘 알려진 책이고, 그렇다고 대형 서점에서 판매하기엔 그만큼 잘나가는 책이 아니고."

필립은 올리비아 후아레스가 하는 말을 듣고 어제 로돌포 존스가 했던 말을 떠올렸다. 맞아, 1급 모방 작가는 잘 팔리는 경우도 있고 안 팔리는 경우도 있지만 2급 모방 작가는 대부분 잘 팔린다고 했어. 유명하긴 하지만 잘 안 팔린다는 올리비아의 말이 사실이라면, 마리아너 융게는 1급 모방 작가가 분명해.

필립이 잠시 입을 다물고 있자 올리비아가 말을 이었다.

"혹시 급하게 봐야 하는 책이면 내가 빌려줄까요?"

"빌려준다고요?"

"네, 집에 책이 있으니까."

필립은 올리비아의 갑작스러운 제안에 어떤 식으로 대꾸해야 할지 몰라 순간적으로 당황하고 말았고, 그래서 자기도 모르게, 사실은 제가 소설을 쓰려고 하는데요, 라고 구시렁거렸는데, 그 말에 올리비아가, 와, 소설 쓰고 있군요, 라고 반색하며 대꾸하자 필립은 왠지 모르게 들뜬 마음이 되어, 소설을 쓰고 싶은데 어떻게 써야 하는지 몰라서, 근데 검색해 보니까 『666, 페스트리카』가 상을 많이 받기도 했고 21세기를 대표하는 소설이라고들 하길래, 소설 쓰는 데 도움이 될까 해서 읽어 보려고 하는 거거든요, 라고,

묻지도 않는 말을 술술 내뱉었다. 필립은 자신의 말에 귀를 기울이고 있는 올리비아를 보며, 각오를 다잡기 위해 원래 하던 레스토랑 일도 그만뒀어요, 라고 굳이 할 필요도 없는 거짓말까지 보탰다. 자기도 모르게 나온 거짓말에 필립은 깜짝 놀라고 말았지만 굳이 정정할 이유를 느끼지는 못했다.

『666, 페스트리카』를 알고 있는 것도 그렇고, 난 필립이 이렇게까지 소설에 열정이 있는지 몰랐어요. 그냥 같은 아파트에 사는 주민 정도로만 생각했는데." 올리비아 후아레스가 말했다. "혹시 지금 시간 괜찮으면 잠시 카페에서 차나 한잔하지 않을래요? 소설 얘기도 하고요."

필립으로선 거절할 이유가 없었다.

올리비아 후아레스는 아르헨티나 출신으로 고등학교 때 가족 전부 미국으로 이민을 왔다고 했다. 대학교 때는 언어학을 전공했는데, 방송부 생활을 하며 방송 일에 관심이 생겨 대학 졸업 후엔 맨해튼 방송국에서 7, 8년 정도 라디오 방송 작가로 일했으나, 어느 날부턴가 매일 원고를 쓰는 일이 지옥같이 느껴져 작가 일을 그만둘 수밖에 없었고, 그 후론 스페인어를 영어로 번역하는 일을 하고 있다고 했다. 어렸을 때부터 책 읽기를 좋아했고 문학에도 관심이 있었는데, 번역 일을 하기 시작하면서 다시 소설을 본격적으로 읽기 시작했고, 어느 순간부터 아르헨티나 작가를 미국에 소개할 필요성을 느껴 2년 전부터는 비정기적으로 독립 잡지를 만들며 관심 있는 작가를 잡지에 소개하고 있다고 했다.

"사실은 방금 서점에 갔던 것도 이번에 나온 잡지를 입고하려고 간 거예요."

"무슨 잡지예요? 이름은 뭐예요?" 필립이 물었다.

"〈비바 레에르〉. 스페인어예요. 번역하면, '읽기 만세' 정도의 의미. 아까도 말했듯이 아르헨티나 작가에 대한 소개가 주요 내용이고, 관련 글은 제가 전부 써요. 어차피 전문적인 문학잡지는 아니니까, 기존에 나와 있는 책이나 논문 들을 참고해서 가능하면 독자들이 관심 가질 수 있게끔 쉽게 쓰려고 하죠. 서평이나 단편소설도 싣는데, 이건 예전에 같이 일했던 방송국 동료들한테 부탁해서 원고를 받아요. 계속 현역에서 작가로 일하고 있는 사람도 있고, 그만둔 친구들도 있고. 원고료를 쥐꼬리만큼밖에 못 줘서 만날 때마다 식사를 대접하죠."

"잡지를 혼자서 만들 수도 있군요. 상상도 못 했어요. 대단해요."

"요즘은 저처럼 독립 잡지 만드는 사람들 많으니까. 전 1년에 두 권 정도밖에 못 만들어요."

올리비아 후아레스는 그렇게 말하고 나서 의자 옆에 놓아둔 토트백에서 책을 하나 꺼내 필립에게 건넸다.

"이번에 나온 책이에요. 이번 호 메인 작가는 리카르도 피글리아로 골랐어요. 2년 전에 작고한 작가인데, 그의 실질적인 대표작이라고 할 수 있는 『에밀리오 렌시의 일기』 2권이 작년에 미국에서도 번역 출간됐거든요. 1권은 재작년인 2017년에 번역됐고, 마지막 3권도 조만간 나올 예정이에요. 렌시는 피글리아의 얼터 에

고라고 볼 수 있는 인물인데, 픽션의 형태를 띠고 있지만 사실상 작가의 일기라고 할 수 있어요. 일기와 소설의 경계가 모호해지는 지점에서 쓰인 글이라고 해석할 수도 있겠죠."

필립 로커웨이는 올리비아가 하는 말을 들으며 가장 먼저 세상엔 난생처음 들어 보는 작가가 굉장히 많다는 생각을 했고, 그 다음으로 얼터 에고라든지 일기와 소설의 경계가 모호해진다는 말의 의미에 대해서 물어보고 싶었지만 그러지는 않았고, 대신 입을 다문 채 〈비바 레에르〉만을 찬찬히 훑어보았다.

"그건 선물로 드릴게요. 나중에 집에 가서 읽어 보세요."

올리비아가 웃으며 말했다.

"와, 진짜요? 고마워요. 잘 읽을게요."

필립이 테이블 위에 〈비바 레에르〉를 올려 두며 말했다.

올리비아 후아레스가 테이블 위의 따뜻한 아메리카노를 몇 번 홀짝였다. 필립 로커웨이도 따뜻한 캐모마일 티를 몇 모금 마셨다.

"필립이 레스토랑에서 일한다는 것 정도는 알았는데, 소설을 좋아하는 줄은 몰랐어요." 올리비아가 말했다. "소설을 좋아해서 소설을 쓰려고 하다니, 필립이야말로 대단해요."

필립은 올리비아의 칭찬에, 아니요 뭘요 이제 시작하는 단계인데요, 라고 말하고 싶었지만 차마 입이 떨어지지 않았고, 그래서 올리비아가 이어서 하는 이야기를 가만히 듣고 있을 수밖에 없었다.

"사실 요즘 기분이 좀, 별로였거든요. 아무래도 프리랜서로 일하고 있으니 경제적으로 안정적이지도 않고, 다른 것보다 이 〈비바 레에르〉 때문에. 이제 고작 2년밖에 안 됐는데 벌써부터 지친다는 느낌을 받고 있어서. 물론 돈 벌 생각으로 한 일은 아니에요. 그냥 블로그에 글 쓰던 에너지를 모아 뭔가 만들어 보자 해서 만들었고, 나름대로 보람도 있고 재미도 있어요. 하지만 뭔가를 만드는 일은, 역시 누군가의 반응을 먹고 자라는 걸까요. 반응이 없으면 꾸준히 이어 가기 힘든 건가 싶기도 하고. 독립 서점들에 비치한 과월호 재고량을 보면 조금씩이나마 팔리긴 팔리는 것 같거든요? 근데 리뷰를 찾아보기가 어려워요. 인스타그램이나 페이스북 같은 데서 두세 번 본 게 전부고. 그래서 이 일을 언제까지 해야 하나, 나는 뭐 하러 사서 고생을 하고 있나, 요즘 이런 생각들을 하고 있었어요. 하하, 필립에게 갑자기 이런 얘기를 털어놓고 있네. 사실은 그냥 아무 얘기나 하고 싶었는데. 아까 필립이 소설 쓰려고 원래 하고 있던 일도 그만뒀다는 얘기를 들으니까, 물론 필립은 나보다 훨씬 젊고 에너지도 많을 테니까, 그래도 그건 대단한 용기라고 생각해요. 용기가 없으면 할 수 없는 일이지. 어쨌거나 그 얘기 듣고 나니까 필립의 용기와 열정에 감동을 받았달까, 자극을 받았달까, 잡지 반응 좀 없다고 우울해하고 있을 게 아니구나, 나도 계속 잡지 열심히 만들어야겠다, 그런 생각이 들었어요."

올리비아가 하는 말을 들으며 필립은 얼굴이 달아올라 살짝 고개를 숙였지만, 이따금 올리비아와 눈을 맞추며 계속 대화에 참여하고 있음을 드러냈다. 올리비아 후아레스는 이어서 마리아너 융게에 대해서도 자신이 알고 있는 것들을 이야기했다. 미국에서 폭발적인 인기를 얻기 몇 년 전부터 유럽에서는 이미 명성이 자자했다, 덕분에 융게의 거의 모든 작품을 영어로 읽을 수 있다, 작가에 대해 좀 더 알고 싶다면 자전적인 요소가 많이 담겨 있는 초기 단편집인 『격동하는 대륙』이나 『유럽의 어둠』을 읽어 보면 좋을 것이다, 자전적 이야기에 SF적인 상상력을 가미하는 테크닉이 너무 훌륭하고 번역된 문장임에도 산문을 읽는 맛을 제대로 만끽할 수 있다, 『666, 페스트리카』가 미국 독자들에게 큰 반향을 일으킨 것은 아마 허구적이면서도 동시에 핍진하게 느껴지는 작가의 특별한 삶을 엿볼 수 있는 그 단편집들 때문인지도 모른다 등의 이야기를 신나게 이어 갔다. 그러고 나서 올리비아는 다시 이야기의 화제를 전환시켰다. 혹시 괜찮으면 우리랑 같이 독서 모임 하지 않을래요? 올리비아가 물었다. 필립이, 독서 모임요? 하고 되묻자, 올리비아는, 소설 하나를 정해서 각자 읽고 격주로 한 번씩 만나 감상을 공유하는 모임이라고 설명했다. 필립은, 자신은 아직 누군가와 감상을 공유할 만큼 독서 경험이 많지는 않다고 말했고, 올리비아는, 지금까지의 독서 경험 같은 건 중요하지 않다고, 그냥 책을 읽고 이 부분은 이상하다든지 이 부분은 잘 모르겠다든지 그냥 솔직하게 말하면 된다고, 어차피 소설 감상에 정답 같은 건 없으니 아무 상관이 없다고 말했다. 필립이 여전히 머뭇거리는 자세를 취하자 올리비아는, 사실 요즘 우리 독서 모임은 이런저런 시도를 하고 있는데, 방금 말한 것처럼 소설 하나를 정한 뒤 각자 읽고 와서 감상을 공유하기도 하지만, 예전에는 읽기 까다로운 책 한 권을 정해서 모임에 참여한 사람들이 두어 페이지씩 낭독하는 방식으로 진행되기도 했다, 하지만 이런 방식은 사람이 잘 모이지 않는다는 단점도 있어서 모임 방식을 그때그때 바꿔 가며 여러모로 궁리 중이라고 말했고, 쇠뿔도 단김에 뺄 기세로 다음과 같이 덧붙였다. 말이 나온 김에 여기서 이럴 게 아니라, 그 독서 모임이 우리 동네에 있는 독립 서점에서 하는 거거든요, 같이 가서 서점 매니저도 만나보고, 잘됐네, 『666, 페스트리카』가 있는지 확인해도 되겠다, 없으면, 아마 다른 서점에도 없을 가능성이 크니까, 일일이 돌아다니면서 고생하지 말고 그냥 그 서점에서 주문을 해도 되고. 필립은 올리비아의 적극성에 반대할 이유를 찾지 못했고 그럴 필요도 느끼지 못했다. 다만 조금 놀라워했을 뿐.

얼마 후, 올리비아 후아레스의 차를 타고 도착한 곳은 필립이 어제 처음으로 갔던 독립 서점이었다.

"어, 여기네요?" 필립이 놀라며 말했다.

"아는 곳이에요?"

"어제 왔던 곳이에요."

"벌써 와 봤구나. 그러면 캐런도 알겠네요."

필립은 어제 만났던 캐런 바우어를 떠올려 보았다. 얼굴은 잘 떠오르지 않았지만 입고 있던 티셔츠의 문구는 쉽게 떠올랐다. 나는 너와 함께 있을 거야, 오늘, 이라는 문구였어.

"네, 어제 잠깐 얘기 나눴어요." 필립은 그렇게 말하며 간판을 올려다보았고, 어제까지는 새삼 깨닫지 못한 사실을 알아챘다. "근데 이 서점은 이름이 따로 없네요?"

올리비아가 빙긋이 웃으며 말했다. "이름 저기 있잖아요."

"어디요? 물음표 부호밖에 안 보이는데."

"네, 그거요."

"저게 서점 이름이라고요?"

"맞아요, 하하. 자세한 이야기는 캐런한테 들어 봐요."

어제와 달리 서점에는 캐런 바우어 혼자밖에 없었다. 올리비아는 캐런과 인사를 나누고 나서 필립 로커웨이를 소개했다. 같은 아파트 주민인데, 소설 좋아하는 걸 오늘에서야 알고 여기 데리고 왔어. 어제 여기 들렀다고 하던데. 올리비아의 말을 들은 캐런 바우어는 필립에게 대뜸, 근데 『666, 페스트리카』는 구했느냐고 물었고, 필립이 대답하기도 전에 옆에 있던 올리비아가, 여러 군데 돌아다녔는데 못 구해서 여기서 주문하려고 왔다고 답했다. 올리비아의 대답에 캐런은 살짝 미소 지으며, 그럼 지금 바로 주문하겠다고 말하며 자신의 노트북이 놓인 자리로 가서 키보드를 두드렸고, 그 사이 올리비아는 서재에 있는 책 한 권을 집어 들더니, 이게 우리가 지난 모임에서 다룬 책이라고 말하며 필립에게 건넸다. 필립은 책을 훑어보며, 아니 훑어보는 척하며, 캐런 바우어가 오늘은 어제 입은 티셔츠를 입지 않았어, 근무복이 아니었던 거야, 그럼 그 문구 속의 '너'는 누구일까, 따위의 생각을 했다.

그날 밤, 필립은 침대에 누워 생각했다. 나는 어쩌다 독서 모임에 참여하겠다고 한 걸까. 물론 독서 모임은 좋은 것 같아. 아직 해 보지는 않았지만, 그런 건 굳이 해 보지 않아도 직감적으로 알 수 있는 일이야. 특히 어떤 책을 읽어야 할지 모르고 어떤 책이 좋은 책인지 모르는 나 같은 사람에게 분명 도움이 될 거야. 하지만 어째서 올리비아에게 거짓말을 한 걸까. 소설을 쓰고 싶어서 일을 그만뒀다는 헛소리를 지껄인 이유가 뭘까. 나는 진짜 소설을 읽고 싶은 걸까. 소설을 쓰고 싶은 게 맞을까. 필립의 생각은 지치지 않고 이어졌다. 그동안 책을 읽지 않고도 잘 살았어. 유튜브를 보거나 마리아가 추천해 준 넷플릭스 드라마를 보거나 하며 잘 살았어. 레스토랑에서 흘러나오는 음악을 듣거나 그레이엄, 드미트리와 함께 양키스나 메츠의 야구 경기를 시청하며 잘 살았어. 잘 살아왔어. 근데 정말 잘 살아온 것일까. 나는 마리아가 추천해 준 넷플릭스 드라마를 정말 좋아했나. 레스토랑에서 흘러나오던 음악은? 펍에서 본 야구는? 술은? 정말 좋아했나. 그 시간을 즐겼을까. 그저 돈을 벌었으니 쓰고, 돈을 벌었으니 살아왔던 것은 아닐까. 돈을 벌지 않는 남는 시간을 때우기 위해 살아왔던 것은 아닐까. 필립의 생각은 계속해서 아무 곳으로나 널뛰기를 했다. 마리아 히토미는 왜 나와 연애를 했을까. 마리아는 그렇게 말한 적이 있어. 넌 다른 브루클린 남자애들이랑은 좀 다른 것 같아. 나는 물었어. 뭐가 어떻게 다른데? 그러자 마리아는, 그냥 느낌이야 느낌, 말로는 설명하기 어려워, 어쨌거나 그런 점이 좋아, 라고 말했어. 당시 나는 그게 칭찬이라고 생각했고 사랑의 표현이라고 생각했어. 당연하게도. 방금 전까지만 해도. 그런데 그게 사실일까. 다른 브루클린 남자애들과 다르다는 건 어떤 의미일까. 혹시 눈에 띄는 개성이나 취향 없이 적당히 돈을 벌고 적당히 시간을 때우는 남자라는 뜻은 아니었을까. 그렇다면 마리아는 왜 나를 좋아했던 걸까. 정말 좋아한 게 맞을까. 끊임없이 흘러가던 필립의 상념은 기어이 꿈에 대한 생각으로까지 이어졌다. 자동차 정비공인 그레이엄은 맨해튼에 자기 이름의 자동차 정비소를 갖는 게 꿈이야. 그래, 그레이엄은 꿈이 있어. 트레일러를 모는 드미트리는 돈을 많이 벌어 근사한 캠핑카를 장만한 뒤 미국 일대를 돌아다니는 게 꿈이야. 그래, 드미트리도 꿈이 있어. 그렇다면 내 꿈은 뭘까. 친구들이 꿈에 대해 말할 때 나는 어떤 말을 했더라. 언젠가 내 소유의 레스토랑을 운영하는 것? 아니야, 그건 꿈이라고 할 수 없어. 꿈도 아니고 삶의 목표도 아니야. 레스토랑에서 일하는 건, 그저 돈을 벌기 위한 수단에 불과해. 필립은 내 삶의 목표가 뭘까, 꿈이 뭘까, 라고 구시렁거렸고, 그 순간 머릿속에 『666, 페스트리카』가 떠올랐다. 나는 왜 며칠째 『666, 페스트리카』에 집착하고 있는 걸까. 너무 잘 알려져서 독립 서점에는 재고가 없고, 그럼에도 잘 팔리는 책이 아니라 대형 서점에도 재고가 없는 이 소설에 집착하는 이유가 뭘까. 당연히 소설을 쓰기 위해서지. 소설을 쓰는 방법을 모르니 현재 가장 훌륭하다고 알려진 작품을 읽으며 소설 쓰는 방법을 익히고 싶어서지. 그렇다면 내 꿈은 소설을 쓰는 걸까? 멋진 작품을 쓰는 것? 나는 작가가 되고 싶은 걸까? 하지만 이거야말로 꿈이라고 할 수 없어. 그건 일종의 계시라고 할 수 있지. 아니, 그렇게 거창하게 말할 것도 없어. 그저 단순한 욕구에 불과해. 그도 아니면 강박이거나. 필립은 크게 숨을 들이켰다가 내쉬고는, 아니야, 아니야, 그건 분명 충동이었어, 라고 생각했다. 며칠이 지난 지금까지도 사라지지 않고 이어지고 있는 충동. 그러고 나서 필립의 생각은 곧장 오늘 오후에 만난 올리비아 후아레스와 캐런 바우어로 이어진다. 올리비아의 꿈은 뭘까. 〈비바 레에르〉를 계속 만들어 내는 것? 잡지에 리뷰가 달려서 유명해지는 것? 모르겠어. 하지만 올리비아의 현재 목표는 꾸준히 〈비바 레에르〉를 만들어 내는 것이 분명해. 〈비바 레에르〉에 대해 말할 때 올리비아의 눈이 반짝이는 걸 느낄 수 있었으니까. 캐런 바우어의 현재 목표 역시? 서점을 오랫동안 유지하는 것이겠지. 서점에 대한 캐런의 애정도 대화 곳곳에 묻어났으니까. 필립은? 서점의 의미에 대해 생각했다. 캐런은 이렇게 말했어. 흔히 책에는 답이 있다, 삶의 길이 있다고들 말하지만, 사실 사람들에게 오랫동안 읽히는 책에는 답보다는 의문이 더 많은 것 같아요, 그러므로 독서라는 것은, 길을 찾는 행위라기보다는, 어쩌면 미로에 빠지는 행위에 가까울지도 모르죠, 특히 제가 좋아하는 문학 작품들은 그런 특성이 있는 것 같거든요, 서점 이름을 ?로 지은 것도 마찬가지 이유예요, 서점을 물음과 의문으로 가득한 곳으로 만들기 위해서, 뚜벅뚜벅 미로 속으로 걸음을 내딛고, 그 속에서 길을 잃고 길을 찾아 헤매는 즐거움을 만끽하고 싶어서.

나흘 뒤, 필립 로커웨이는 마침내 『666, 페스트리카』를 손에 넣는다.

그전 사흘 동안, 필립 로커웨이는 주로 문학 지도 사이트에 들어갔다. 특정 작가의 이름을 기입하고 검색하면 그 작가의 이름이 화면 가운데 뜨고 이름 주위에 다른 작가들의 이름이 원을 그리면서 뜬다. 검색한 작가와의 친연성이나 검색 빈도에 따라 간격이 조정되는 것 같았다. 필립이 가장 먼저 검색한 작가는 당연하게도 마리아너 융게였다. 마리아너와 가장 가까운 위치에 베노 폰 아르킴볼디라는 이름이 있었고, 그 주위를 둘러싸고 하인리히 뷜, 우베 욘손, 귄터 그라스, 프리드리히 뒤렌마트, 아르노 슈미트, 페터 한트케라는 이름이 있었다. 필립으로선 당연히 처음 접하는 이름들이었고, 사실 한 번에 읽기조차 쉽지 않은 이름들이었다. 그 외에도 몇 권 번역됐지만 미국에선 이미 절판된 독일 작가도 있었고, 영어로는 번역조차 되지 않은 오스트리아 작가와 리힌텐슈타인 작가도 있었다.

리힌텐슈타인은 어디에 있는 나라지? 필립은 궁금했다. 한 번도 들어본 적이 없는 나라야. 검색 결과, 리힌텐슈타인은 스위스와 오스트리아의 접경에 있는 아주 자그마한 나라라는 걸 알 수 있었고, 인구는 3만 3천 명, 면적은 약 160㎢라는 정보도 얻을 수 있었다. 필립은 브루클린에 대해서도 검색해 보았다. 리힌텐슈타인은 브루클린보다 면적은 20㎢ 정도 작고 인구수는 무려 260만 명 이상 적어. 그러고 나서 필립은 이런 생각을 했다. 어쩌면 마리아너 융게의 소설 속 페스트리카는 리힌텐슈타인을 본따서 만든 나라인지도 몰라. 유럽에서도 모르는 사람이 대부분인 리힌텐슈타인이라는 나라를 바탕으로 해서 마리아너 융게는 페스트리카라는 가상의 나라를 만들어 낸 거야.

필립은 사흘 동안 수시로 문학 지도 사이트에 들락거리며 작가들의 이름을 검색하고 클릭했다. 마리아너 융게에서 시작한 문학 지도의 이름들은 기하급수적으로 늘어 갔다. 마치 그 많은 이름들이 자신에게 어떤 무언가를 가져다주기라도 할 듯이 필립은 클릭하고 다시 클릭했다. 지금이 아니면 언제 또 이런 한가로운 동시에 집요한 시간을 보낼 수 있겠냐는 심정으로 필립은 클릭하고 다시 클릭했다. 작가들의 이름이 이탈리안 레스토랑의 메뉴처럼 뚜렷하고 확실해질 때까지 필립은 클릭하고 다시 클릭했다. 자신이 하고 있는 행위에 당장은 알 수 없지만 언젠가는 알게 될지도 모를 어떤 심오한 의미가 숨어 있으리라 기대하며 필립은 클릭하고 다시 클릭했다. 실은 아무것도 없고 그저 반복적인 행위에 도취된 상태로, 필립은 클릭했고, 또다시 클릭했으며, 다시 한번 클릭했다. 그리하여 읽은 작품은 단 하나도 없었지만 어느새 필립의 머릿속엔 토머스 핀천이라는 이름과 돈 드릴로라는 이름과 데이비드 포스터 월리스라는 이름과 마거릿 애트우드라는 이름과 로베르토 볼라뇨라는 이름과 마크 Z. 대니얼레프스키라는 이름과 윌리엄 개디스라는 이름과 블라디미르 소로킨이라는 이름과 커트 보니것이라는 이름과 호르헤 루이스 보르헤스라는 이름과 W.G. 제발트라는 이름과 제임스 팁트리 주니어라는 이름과 마리아나 엔리케스라는 이름과 버지니아 울프라는 이름과 제임스 조이스라는 이름과 필립 K. 딕이라는 이름과 옥타비아 버틀러라는 이름과 가브리엘 가르시아 마르케스라는 이름과 윌리엄 포크너라는 이름과 후안 룰포라는 이름과 캐시 애커라는 이름과 올가 토카르추크라는 이름과 J.M. 쿳시라는 이름과 제이디 스미스라는 이름과 사뮈엘 베케트라는 이름과 훌리오 코르타사르라는 이름과 클라리시 리스펙토르라는 이름과 블라디미르 나보코프라는 이름과 표도르 도스토예프스키라는 이름 등등 도대체 어떤 식으로 연관성이 있는지 감을 잡을 수조차 없는 수많은 이름이 자리하게 되었다.

사흘 동안, 필립 로커웨이는 마이크 한의 유튜브 채널에 있는 영상들을 구경하기도 했다. 지난 시애틀 여행 때의 영상도 브이로그 형식으로 올라와 있었는데, 필립은 영상 속 시애틀의 풍경을 보며 아직 2주밖에 지나지 않은 여행이 마치 20주는 지난 것처럼 멀게만 느껴졌고, 자신이 왜 그런 느낌을 받는지 의아했다. 마이크 한이 웃는 모습은 실제로 볼 때도 영상으로 볼 때도 어색해서 왠지 모르게 웃음이 났고, 클라리사 캠벨의 공연은 실제로 볼 때도 영상으로 볼 때도 끝내주게 멋있어서 언젠가 유명한 뮤지션이 되리라는 확신이 들었다. 사실 필립은 마이크 한이 편집한 시애틀 여행 영상에 온전히 집중할 수 없었다. 영상 속 자신의 모습 때문이었다. 처음에는 자신의 모습이 낯설어서, 영상 속 자신의 얼굴이나 목소리를 접하는 게 어색해서 그렇다고 생각했다. 하지만 나중에는 생각이 바뀌었다. 내가 아는 나와 마이크가 보여 주고자 하는 나 사이에 괴리가 있는 것 같아. 필립은 생각했다. 저건 내가 아니야, 그러니까 저건, 마이크 한이 보고 싶어 하는 내 모습, 혹은 마이크 한이 사람들에게 보여 주고 싶어 하는 내 모습이야. 필립은 그렇게 생각하는 동시에, 하지만 저건 내가 맞아, 저건 내가 하는 말이고, 내가 내는 목소리고, 내가 자주 하는 행동이야, 라고 생각하기도 했다.

사흘 동안, 필립 로커웨이는 집 밖으로 나가서는 주로 브루클린 일대를 걸어 다녔다. 산책을 좋아하는 마리아 히토미 때문에 데이트할 때도 종종 걸어 다니긴 했으나, 필립은 혼자 걸어 다니기 시작하면서 더 오랫동안, 더 많은 거리를 걸어 다녔다. 브루클린 하이츠에서 시작해 이스트강을 따라 그린포인트까지 올라갔다가 전철을 타고 내려올 때도 있었고, 반대로 코블 힐과 캐럴 가든스를 거쳐 레드 훅까지 내려와 레드 훅 심장부에 있는 캐리지 하우스를 올려다보기도 했다. 필립은 며칠 전에 갔던 파크 슬로프에도 다시 가 보았는데, 이번에는 파크 슬로프의 낯익은 거리를 걸으며 회상에 젖은 게 아니라 며칠 전 프로스펙트 공원에서 노래 부르던 노인을 떠올렸다. 〈인터내셔널가〉라는 노래였어. 필립은 그날 집에 와서 노랫말 일부를 검색했던 일을 생각했다. 필립은 노랫말을 주욱 읽어 보았고, 유튜브에서 노래를 들어 보기도 했다. 노랫말의 내용은 잘 와닿지도 않고 관심도 없어. 필립은 생각했다. 하지만 어째서 이곳에 오자마자 그때 본 노인이 떠오르는 걸까. 쉽게 볼 수 없는 장면이기 때문이겠지. 길거리에서 노래 부르는 노인을 보는 일도, "브루클린 공산주의자"라는 노란색 문구가 적힌 붉은색 티셔츠를 보는 일도. 어쩌면 그와 눈이 마주쳤기 때문일지도 몰라. 무언가를 말하는 것 같기도 하고, 아무 말도 하고 싶지 않은 것 같기도 한 눈이었어. 어쩐지 슬픈 듯이 보이기도 했지만 어쩌면 무심히 어딘가를 바라보기만 했을 뿐일지도 모를 눈이었어. 눈동자가 유달리 까맣게 느껴지는, 동그랗고 하얀 눈.

필립은 노인을 다시 볼 수 있을까 싶어 프로스펙트 공원 산책로 이곳저곳을 한 시간에 걸쳐 걸어 다녔으나 그 어디에서도 노인의 노랫소리는 들을 수 없었다.

예상보다 많이 걸어서라기보다는 목적한 바를 이루지 못해서 힘이 빠졌기에 필립은 전철을 타고 집으로 돌아가기 위해 7번 애비뉴 역으로 향했다. 필립은 3층짜리 옅은 갈색 건물과 나무가 주욱 늘어선 11번 스트리트를 걸으며 예전에 살던 때와 달라진 게 없는 거리 풍경에 반가움을 느꼈고, 오른쪽으로 꺾어 8번 애비뉴를 걸으면서는 바뀌기도 하고 바뀌지 않기도 한 상가들을 보며 시간의 흐름을 느꼈다. 그렇게 8번 애비뉴를 걷던 중 필립은 낯익은 목소리를 들었다. 낯익은 목소리에 낯익은 노랫말. 〈인터내셔널가〉였다. 필립은 길 건너편 아파트 3층에서 창문을 열고 노래를 부르고 있는 노인을 발견했다. 노인은 하늘을 보며 우렁찬 목소리로 노래를 부르고 있었는데, 얼마 지나지 않아 필립 쪽 인도의 가게에 있던 남자가 저 양반 또 저러고 있네, 라고 구시렁거리며 밖으로 나오더니, 자꾸 노래 부르면 경찰에 신고할 거야! 라고 노인을 향해 소리 질렀다. 그 소리를 듣고서야 노인은 아래쪽을 쳐다보았고, 신고할 테면 신고해 보시지, 언제든 잡혀가 줄 테니, 유치장에서 부르면 더 효과적일 거야! 라고 전혀 기세를 굽히지 않은 채 소리쳤다. 그러고 나서 노인은 껄껄껄껄 웃다가, 아래쪽을 스윽 둘러보다가, 필립과 눈이 마주쳤다. 필립은 노인이 자신을 바라본다는 사실을 알아챘고, 만나고 싶다고는 생각했지만 정작 이렇게 다시 한번 눈이 마주치는 상황이 찾아올 줄은 몰랐기에, 그냥 슬쩍 아는 체만 하고 갈 길을 가야 하나 어째야 하나 망설이고 있는데, 노인 쪽에서 먼저 필립을 향해 소리 질렀다.

"거기 자네, 잠깐만 기다리게!"

필립은 깜짝 놀라 스스로를 손가락으로 가리키며, 나? 라고, 소리는 내지 못한 채 입만 뻥긋거렸고, 그걸 알아본 노인은 그래, 자네 맞아, 거기서 잠깐만 기다려, 라고 말하고 나서 곧장 방 안으로 들어가 버렸다. 방금 경찰에 신고하겠다고 소리 지른 남자는 옆에 서서 필립을 위아래로 훑어보더니 저 노인이랑 아는 사이냐고 물었지만 필립은 어안이 벙벙한 상태로 잘 모르겠다고 말했다. 아는 사이면 아는 사이고 모르는 사이면 모르는 사이지 잘 모르겠다는 건 무슨 의미냐고 가게 남자가 따질지도 모르겠다고 필립은 예상했으나 예상과 달리 가게 남자는 잠시 그 자리에 서 있다가 가게 안으로 들어가 버렸다. 잠시 후, 지난번과 똑같은 차림으로, 그러니까 붉은 티셔츠에 청바지 차림으로, 노인이 건너편 건물 밖으로 나왔다. 지난번과 달라진 점이 있다면 "브루클린 공산주의자"라는 노란 문구가 새겨진 티셔츠가 아니라, 하얀색 낫과 망치가 십자 모양으로 겹쳐진 이미지가 프린트된 티셔츠라는 점이었다. 도로를 건너온 노인은, 맞구만, 엊그제 봤던 젊은이가 맞구만, 이라고 말하며 오른손을 내밀었다. 난 앙리 브라운이라고 하네.

이전에 봤을 때는 별로 의식하지 못했는데, 필립은 생각했다, 다시 보니 나이를 가늠하기 어려운 얼굴이야, 조금 떨어진 거리에서 봤을 때는 70살처럼 보이기도 하고 80살처럼 보이기도 하지만, 가까이서 보니 60살이 넘지 않은 것처럼 보이기도 해. 필립은 앙리 브라운의 손을 맞잡으며, 필립 로커웨이라고 합니다, 라고 자신의 이름을 밝혔다. 그러자 앙리 브라운은, 헨리가 아니라 앙리라는 게 중요해, 내 정체성은 피부색이나 이념에만 있는 게 아니거든, 이라고 말하고 나서 잠시 후, 그에 비하면 자네 이름은 굉장히, 뭐랄까, 무난한 것 같군, 색깔이 안 느껴져, 필립 로커웨이, 필립 로커웨이, 라고 구시렁거렸다. 다짜고짜 기다리라 소리치고 내려와서 고작 한다는 게 이름 가지고 시비 거는 일이라니, 도대체 뭐 하는 사람인지 모르겠네. 필립은 그렇게 생각하고 나서 앙리에게 왜 자신을 불러 세웠는지 물었다.

"자네 지금 시간 괜찮나? 이 시간에 여기 돌아다니고 있는 거 보면 괜찮겠지. 나랑 잠깐만 걸읍세. 걷는 건 꽤 중요한 일이니까." 앙리 브라운이 말했다.

필립은 이미 두 시간 이상 걸었기에 조금 피로하기도 했지만 앙리가 도대체 무슨 말을 할지 궁금한 마음도 있어서 그러기로 했다. 둘은 8번 애비뉴에서 10번 스트리트 쪽으로 꺾었다. 필립은 별로 다녀 본 적 없는 길이었지만, 사실 그 지역 주민이 아니라면 11번 스트리트나 12번 스트리트 혹은 7번 스트리트나 8번 스트리트와 비교해서 특별히 다른 것을 발견하기 어려운 비슷비슷한 길이었다. 옅은 갈색 계열의 비슷하게 생긴 3층짜리 건물들과, 길을 따라 띄엄띄엄 늘어선 나무들, 그리고 도로 양쪽에 줄 지어선 자동차들까지.

얼마 후 앙리가 입을 뗐다.

"내가 이 나이 먹도록 건강을 유지할 수 있는 비법이 무엇인 것 같나? 우렁찬 목소리로 노래를 부를 수 있는 비법이 뭔 것 같아? 바로 이거야, 이거. 산책. 난 무슨 일이 있어도 하루에 두어 시간씩은 꼬박꼬박 걷거든. 맑은 날이든 흐린 날이든, 비가 오든 눈이 오든 매일같이 하는 일이야. 젊었을 땐 훨씬 많이 걸었지. 네 시간 다섯 시간 정도는 아무렇지도 않게 걸었다고. 어떨 때는 밥도 안 먹고 여덟 시간 이상 걸었던 적도 있어. 코니아일랜드까지 걸어 다니기도 했다니까. 근데 나이도 먹을 만큼 먹었거니와, 브루클린 공기가 예전 같지 않아. 너무 오염됐어. 옛날에도 더럽기는 매한가지였지만, 날이 갈수록 심해지고 있어. 겉보기엔 좋아 보이지? 근데 아니야. 허파에 이물질이 끼는 게 느껴질 정도야. 그놈의 자본이 뭐고 개발이 뭔지. 예전엔 이 정도까지는 아니었어."

둘은 7번 애비뉴를 건너고 6번 애비뉴를 건너며 10번 스트리트를 따라 계속 걸었다. 풍경은 아주 조금씩 바뀌거나 거의 바뀌지 않은 채 그대로였고, 필립은 자신이 왜 이 길을 걷고 있는지, 목적지가 있기라도 한 건지 궁금했다. 더군다나 필립은 앙리 브라운의 걸음 속도가 답답했다. 앙리의 걸음 속도는 평소 필립이 혼자 걸을 때보다 턱없이 느렸으며 심지어 마리아 히토미와 데이트할 때 걷는 속도보다 느린 것 같았다. 필립이 입을 뗐다. 근데 절부른 이유가 뭐죠? 하지만 필립의 질문에 앙리는, 자네는 아버지나 어머니가 백인이겠구만, 이라고 말했다. 앙리의 말에 필립은 아무 대답도 하지 않았다. 앙리가 자신의 말을 다시 이었다. 오해하지는 말게, 특별한 의도를 가지고 한 말은 아니니까. 그렇게 말하더니 앙리는 뜬금없이 자기가 브루클린의 마지막 공산당원이라고 말했다.

"나 이전에는 안토니오 존스 선생이 있었는데 오래전에 가셨고, 그 이후에는 계속 나 혼자야. 아무도 알아주지 않아. 안토니오 선생 때까지만 해도 기자들이 찾아와서 인터뷰도 했거든. 인터넷 검색해 보면 바로 나와. 〈검은 새벽〉 같은 잡지. 그 잡지에 다 나와 있어. 제2차 세계대전 동안에는 브루클린에 공산주의자들이 천 명이 넘었지. 전쟁 후에는 천삼백 명까지 늘어났고. 하지만 매카시즘의 광풍이 불어 닥쳤고, 매카시즘이 끝났을 때 브루클린에 남아 있는 공산주의자는 고작 이백 명이 될까 말까 하는 수준으로 떨어졌어. 1960년대가 되자 그 수는 다시 절반으로 줄어들었고, 1970년대 초에는 서른 명으로 1970년대 말에는 열 명으로까지 줄어들었어. 여기서 끝이 아니야. 1980년대 초에는 고작 네 명만이 브루클린의 공산주의자로 남아 있었고, 1980년대가 지나는 동안

네 명 중 두 명은 암으로 세상을 떠나고 남은 둘 중 한 명은 말없이 조직을 떠났어. 그리고 1987년에는 안토니오 존스 선생 혼자만이 남았지. 이건 다 안토니오 존스 선생이 〈검은 새벽〉에 인터뷰했던 내용에 나와 있어. 몇 년 후 안토니오 존스 선생도 결국 세상을 뜨셨고, 21세기에 접어들자 브루클린의 공산주의자는 단 한 명도 남지 않게 되었지. 그때 내가 나타난 거야. 21세기 최초이자 최후의 브루클린 공산주의자로서."

그리고 나서 잠시 입을 닫은 앙리는 필립에게 이렇게 물었다.

"요즘 젊은이들은 이런 얘기 지루해하지?"

필립은 이 자리에 드미트리가 있었으면 훨씬 좋았겠다고 생각했으나 앙리가 러시아계 백인 남자에게 선뜻 말을 걸었을지 어땠을지 알 수 없었다.

G라인 전철이 10번 스트리트 오른편 지상에서 달리기 시작했다. 왼편에 있는 건물의 높이도 2층으로 낮아졌고, 거리를 거니는 사람들도 뜸해졌다.

"아참, 자넬 부른 이유가 뭐냐고 물었지? 뭐일 것 같아?" 앙리 브라운이 말했다. "당에 가입하라고 말하려고? 하하하하. 그건 아니지. 농담이야, 농담. 브루클린의 공산주의자는 내가 마지막이야. 사실상 20세기에 공산주의 혁명은 끝이 났으니까. 인정할 건 인정해야지. 그래야 다음 단계로 넘어갈 수 있어. 그래, 끝난 건 끝난 거야. 하지만 난 계속 이 붉은 티셔츠를 입고 〈인터내셔널가〉를 부를 거야. 경찰을 부를 테면 불러 보라지. 구치소에 가서도 열심히 불러 줄 테니. 어차피 우리 흑인들은 경찰과 끈끈한 관계를 맺고 있으니까. 안 그래?"

10번 스트리트 끝엔 주차장이 있었고, 하천이 있었다. 오른편 G라인 전철의 철길은 점점 높아지며 멀어졌고, 멀리 왼편으로는 하천을 건너는 고가 도로가 보였다. 필립과 앙리는 주차장 경계에 설치해 둔 중형 PE 방호벽을 넘어 하천이 내려다보이는 곳에서 멈춰 섰다. 앙리는 잠시 입을 다문 채 하천 건너편을 바라보다가 하늘을 올려다보다가 했다. 필립 역시 발바닥으로 땅을 몇 번 차면서 하천이 흘러내려 가는 모습을 보았다.

"전철은 빠르지." 앙리 브라운이 입을 뗐다. "전철을 타면 목적한 곳까지 빠른 시간에 갈 수 있어. 교통지옥인 맨해튼에서 약속 시간에 맞출 수 있는 유일한 교통수단. 물론 자동차도 빨라. 차가 막힐 때면 답답하기 짝이 없지만 편하게 갈 수 있다는 장점이 있지. 하지만 그게 전부라고 생각하나. 우리는 얻기만 하는 걸까. 잃는 것은 없을까. 우리는 시간을 얻는 대신 공기를 잃었어. 눈에 훤히 보이는 사실이지. 또 뭐가 있을까. 우리는 편안함을 얻었지만 눈에 보이지 않는 무언가를 잃었어. 그게 뭘까?"

앙리 브라운은 대답을 원하는 것처럼 필립 로커웨이를 바라보았다. 필립은 앙리의 시선을 느끼고 글쎄요, 라고 구시렁거리며 생각하는 척했다. 그러자 앙리는, 그러면 질문을 바꿔 볼까, 라고 말하며, 자네는 지구가 언제쯤 멸망할 것 같나? 라고 물었다. 뜬금없는 질문에 필립은 무슨 대답을 해야 할지 몰라 생각하는 척조차 할 수 없었지만, 앙리는 딱히 답변을 원하는 게 아닌 듯, 그게 아니면, 자네는 자본주의가 언제쯤 멸망할 것 같나? 라고 뒤이어서 물었다. 한층 난데없어진 질문에 필립의 머릿속은 물음표로 가득하게 되었지만, 필립의 머릿속 사정 같은 건 안중에도 없는 앙리는, 질문을 다시 조금 바꿔 볼까, 라고 말하더니, 자네는 세상이 조금이라도 나아지고 있다고 생각하나 아니면 겉만 번지르르해졌을 뿐 변한 건 없다고 생각하나? 라고 물었다. 질문을 좀 더 구체적으로 바꿔 볼까. 계속해서 앙리가 말했다. 자네는 현생에서의 부를 원하나 아니면 죽고 나서의 명성을 원하나. 자네는 돈을 위해서 무엇까지 할 수 있을 것 같나. 예컨대, 매일 수천수만 달러씩 써도 될 만큼의 돈이 있다면, 자네는 무슨 짓까지 할 수 있을 것 같나. 누군가에게 폭행을 가하거나 누군가를 죽일 수도 있을 것 같나. 자네는 수백만 달러를 위해 자네의 손가락 혹은 손목을 절단할 수 있을까. 질문이 조금 과했나? 다시 질문의 각도를 조금 바꿔 봄세. 자네가 돈을 버는 이유는 뭔가. 아니 아니, 자네가 정말로 돈을 버는 이유 말일세. 자네는 왜 돈을 버는가. 자네는 돈을 버는 이유에 대해서 어느 정도로 진지하게 생각해 봤나. 얼마나 벌어야 이 정도면 됐어, 하고 받아들일 수 있을 것 같나. 끝이 없지? 그래, 끝이 없어. 이 정도면 되겠지, 하고 생각하는 액수가 있어도 실제로 그 액수에 육박하는 돈을 벌게 되면 한도는 단숨에 높아지지. 끝은 없는 거야. 대부분의 사람이 그래. 왜 그럴까. 사람들은 왜 자기가 평생 쓰지도 못할 만큼의 돈을 벌려고 아둥바둥하는 걸까. 사기를 치고 탈세를 하고, 자기보다 덜 가진 사람들을 궁지에 몰아붙이는 걸까. 진지하게 생각해 봐야 할 문제라고 생각하지 않나? 앙리 브라운은 그렇게 말하고 나서 잠시 말을 맺는가 싶더니, 하지만 생각만으로는 아무것도 바뀌지 않겠지, 라고 회의적으로 말했다.

한동안 묵묵히 듣고만 있던 필립 로커웨이가 이의를 제기하며 말했다.

"하지만 생각하는 건 중요하지 않나요?"

앙리가 필립을 보며 씁쓸하게 웃었다.

"그렇지, 중요하고말고. 하지만 생각만으로 뭘 어쩔 수 있겠나. 생각만으로는 자본주의의 폭주를 막을 수 없어."

"글쎄요, 그건 모르는 일 아닐까요. 지금까지 우리는, 아니 저는, 생각조차 하지 않고 살았으니까."

앙리는 잠시 필립을 바라보더니 시선을 하천 쪽으로 천천히 돌렸다. 필립은 잠시 앙리의 옆모습을 보았다. 웃는 것 같기도 하고 우는 것 같기도 한 얼굴이었다.

"며칠 전에 프로스펙트 공원에서 노래 부를 때 자네가 나에게 눈인사를 해 줬지 않나." 앙리가 말했다. "요 몇 년 사이에 나와 인사를 나눈 젊은이는 자네가 처음이야. 이제야 말하는데, 고마워서 불렀어. 고맙다는 말을 하고 싶어서. 오늘도 나와 이야기를 나눠 줘서 고맙고."

필립은 이야기를 나눈 게 아니라 혼자 일방적으로 이야기를 하지 않았느냐고 지적하고 싶었지만 그냥 입을 다무는 편을 선택했다.

둘은 한동안 주차장 끝에 서서 흘러가는 강물과 쉼 없이 내달리는 고가 도로 위의 자동차들을 보다가 다시 걸음을 돌렸다.

앙리와 필립은 4번 애비뉴에서 헤어졌다.

"다음에 언젠가 또 길 위에서 우연히 한번 보자고. 죽기 전에 말이야. 하하하." 앙리 브라운이 유쾌한 목소리로 말했다.

필립 로커웨이는 조심히 들어가라고 말하고 나서 전철 역사 안으로 들어갔다. 하지만 개찰구 앞에서 걸음을 돌렸다. 그냥 걸어가자. 필립은 그렇게 생각했다. 필립은 종아리 쪽에 미세한 통증을 느끼며 4번 애비뉴를 따라 걸어 올라갔다. 길을 걸으며 필립은, "이것은 최후의 투쟁이니 각자 자신의 자리를 지키자 인터내셔널 노동자 계급은 인류가 될 것이다." 하고 흥얼거렸다.

『666, 페스트리카』를 기다리던 첫날 저녁, 필립 로커웨이는 냉
장고에 들어 있던 돼지고기, 베이컨, 양파, 당근 등을 볶아 토마토
소스를 넣고 볼로네제 파스타를 만들어 먹었다. 둘째 날 저녁에
필립은 소시지, 양파 등을 볶다가 토마토소스와 계란과 치즈를 넣
어 샥슈카를 만들어 먹었고, 셋째 날 저녁에는 집 앞 수제 버거 가
게에서 버섯 패티 버거와 생맥주를 먹었다. 넷째 날 저녁, 캐런 바
우어에게 연락이 왔고 필립 로커웨이는 마침내『666, 페스트리카』
를 손에 넣었다.

필립은 그날 저녁부터 곧장 『666, 페스트리카』를 읽기 시작했다. 필립은 몇 페이지 읽지 않아 마리아너 융게가 미국에서 어떻게 이렇게 인기를 얻게 됐는지 알게 되었다. 소설 속에 "이미 사라진 작가들이나 백만장자 작가들이나 죽은 작가들의 전설을 좋아하는 미국"이라는 구절이 나왔기 때문이었다. 필립은 이 구절에 밑줄을 그으며, 마리아너 융게는 작품 속에 자신의 미래를 미리써 봤는지도 몰라, 라고 생각했다.

하지만 거기까지였다. 필립의 집중력은 오래가지 않았다. 밑줄을 긋고 나서 미처 세 페이지도 넘기지 못한 채 잠들고 말았기 때문이었다. 이튿날에도, 그 이튿날에도, 이와 같은 일이 반복되었다. 필립은 문득 『666, 페스트리카』를 읽는 것이 기차의 차창 밖으로 사라지는 풍경을 보는 것과 비슷하다는 생각을 했다. 지금 보고 있는 풍경은 곧바로 다음에 오는 풍경에 의해 밀려나고, 금세 기억 너머로 사라져. 마찬가지로 『666, 페스트리카』에서 지금 읽고 있는 문장의 의미는 다음 문장이나 그다음 문장을 읽는 동안 빠르게 사라지고 말아. 그리하여 어느 순간, 필립은 방금 자신이 어떤 문장을 읽었고 그 문장이 어떤 의미였는지 기억나지 않아 서너 문장 앞의 문장부터 다시 읽어야만 했다. 읽고 사라지고 읽고 사라지고 읽고 사라지고의 반복 속에서, 필립은 걸핏하면 졸음 속으로 빠져들었다. 책을 다 읽을 때까지 수십 번, 어쩌면 백 번 이상 졸았는지도 모를 일이었다. 그것은 서서히 찾아오는 졸음일 때도 있었고 부지불식간에 찾아오는 졸음일 때도 있었으며 장대한 꿈을 동반한 졸음일 때도 있었고 깨어났을 때 뒷목의 통증을 유발하는 졸음일 때도 있었다. 시도 때도 없이 밀려드는 졸음의 파상 공격 앞에 필립은 매번 무릎 꿇고 좌절했지만 결코 소설 읽기를 포기하지 않았다.

지칠 줄 모르는 인내심을 발휘한 끝에 필립은 3주에 걸쳐 『666, 페스트리카』를 다 읽을 수 있었고, 책을 덮는 순간 온몸에 소름이 돋고 말았다. 책에 담긴 메시지나 소설의 의미 같은 것이 몰아쳐서 그랬던 것은 아니고, 소설의 어떤 장면이 강렬하게 떠올라서 그랬던 것도 아니고, 차라리 그 반대, 3주에 걸쳐 읽었음에도 머릿속에 남아 있는 내용이 거의 없다는 사실을 깨달았기 때문이었다.

물론 아쉬웠던 부분은 쉽게 떠올릴 수 있었다. 『666, 페스트리카』에는 문학 지도 사이트를 통해 익혔던 수많은 작가들의 이름이 단 한 번도 나오지 않았어. 필립은 생각했다. 그 대신 토마스 만이나 하인리히 만, 클라우스 만, 로베르트 무질, 알프레트 되블린, 헤르만 헤세, 발터 벤야민, 안나 제거스, 슈테판 츠바이크, 베르톨트 브레히트, 포이히트방거, 요하네스 베허, 아르놀트 츠바이크, 리카르다 후흐, 오스카 마리아 그라프, 한스 팔라다 같은 독일 작가들의 이름만이 연거푸 나왔어.

필립은 『666, 페스트리카』를 다 읽은 날 밤, 길몽이라고 할 수도 없고 악몽이라고 할 수도 없는 기이한 꿈을 꾼다. 짧지만 강렬한 꿈이었다. 꿈에서 필립은 우리가 흔히 공간이라고 인식하는 3차원 공간이 아닌 어떤 곳에 홀로 둥둥 떠 있었다. 말할 수도 없었고 움직일 수도 없었다. 심지어 볼 수도 없었다. 필립은 그저 주변에 둥둥 떠다니고 있는 '마리아너 융게'와 '그레이엄 밀러'와 '마리아 히토미'와 '드미트리 데이비스'와 '로돌포 존스'와 '캐린 바우어'와 '마이크 한'과 '올리비아 후아레스'와 '앙리 브라운' 등을 인식할 수 있을 뿐이었다. 얼마 후 필립은 눈물을 줄줄 흘리며 눈을 뜬다. 눈물샘이 터지기라도 한 듯 필립은 한동안 흘러나오는 눈물을 주체할 수 없었다.

눈물이 멎고 감정이 가라앉은 후, 필립은 자신이 꾼 꿈에 대해 생각해 보았다. 도대체 무슨 꿈이었을까. 처음에 나는 그곳이 <인

터스텔라〉의 5차원 공간 같은 곳이라고 생각했어. 무중력 상태의 허공을 둥둥 떠다니고 있었고, 어쩌면 주변에 있을 막을 통해 현실 세계를 건너볼 수 있을지도 모른다고 생각했어. 과거의 모습도 볼 수 있고 현재의 모습도 볼 수 있으며, 어쩌면 미래의 모습마저 볼 수 있으리라고 들떴었어. 하지만 아니었어. 막을 발견하기도 전에 내 주위를 떠다니고 있는 사람들을 먼저 발견했으니까. 5차원 공간 같은 곳에 내가 아는 사람들이 둥둥 떠다닐 리는 없으니까. 정확하게 말하면 그건 사람이 아니라 이름이었어. 나는 내가 아는 사람을 본 것이 아니라, 그저 내가 아는 이름만 인식할 수 있을 뿐이었어. 그들의 이미지를 떠올릴 수도 없었고, 당연히 그들과 대화하는 건 불가능했어. 꿈속에서는 목소리를 내는 것조차 불가능했어. 가능했던 것은 오로지 생각하는 것뿐. 텍스트를 통해, 그들과 나눈 대화를 되새기거나 그들과 있었던 일을 되새기는 것뿐. 그리고 나서 얼마나 지났을까. 불현듯 마리아와 함께 보았던 〈도라에몽〉이 떠올랐어. 어쩌면 이 공간은 애니메이션에서 구현된 도라에몽의 4차원 주머니와 유사할지도 모르겠다고 생각했어. 시간과 공간의 개념이 사라진 곳에서 각종 신기한 물건들이 수도 없이 둥둥 떠다니는 4차원 주머니. 도라에몽은 그곳에 손을 넣어 원하는 물건을 마음대로 꺼낼 수 있었어. 마찬가지로 누군가 이곳에서 원하는 이름을 마음대로 꺼낼 수 있지 않을까. 하지만 그 생각 역시 오래가지 않았어. 도라에몽의 4차원 주머니는 생생한 이미지로 구현된 반면, 내가 있던 곳은 텍스트로밖에 존재하지 않았으니까. 내 주변엔 오직 이름밖에 없었으니까. 그게 결정적인 차이였어. 그러다가 마지막으로 나는 그 공간이 요즘 수시로 들락거렸던 문학 지도 사이트의 입체 버전일지도 모르겠다고 생각했어. 어떤 이름이 가운데 있고, 그 이름과 관련된 다른 이름들이 주변을 둘러싸고 있는 모양. 나를 중심으로, 아니 필립 로커웨이라는 이름을 중심으로, 애인이나 친구 혹은 지인들의 이름이 내 주변을 떠다니고 있었으니까. 그래서 실제로는 만난 적도 없고 만날 수도 없는 마리아너 융게가 다른 친구들과 비슷한 위치에서 함께 있을 수 있었던 거야. 각각의 이름 속에선 그 이름의 주인이 열심히 생각하고 또 생각하고 있겠지. 그렇게 짐작했어. 꿈속에서 우리는 오직 텍스트를 통해서만 서로에 대해 생각할 수 있었고, 오로지 텍스트를 통해서만 서로의 모습을 그려볼 수 있었어. 그러다가 잠에서 깼지. 눈물을 흘리면서. 뭐가 그렇게 슬펐을까. 그건 어쩌면 비유 같은 것이었을까. 결국 우리는 이름으로밖에 남지 않는다는 비유. 하지만 시간이 오래 지나고 나면 이름조차 사라지고 말겠지.

필립은 슬픔을 느끼지는 않고 그저 슬픔이라는 감정에 대해 생각하면서 다시 한번 눈을 뜬다. 필립의 머릿속에 가장 먼저 떠오른 문장은 이것이었다. 텍스트로만 이뤄진 세계라니, 말도 안 돼. 눈을 껌뻑거리며 멍하게 있던 필립은 잠시 후 다음 문장들을 연이어 떠올린다. 마치 소설의 세계 같아. 텍스트로만 이뤄진 세계라니. 사실 첫 번째 꿈의 내용은 잘 떠오르지 않아. 아주 희미한, 대개의 꿈이 그렇듯 언어로는 잘 포착되지 않는 어떤 불투명한 이미지. 하지만 첫 번째 꿈에서 깨고 난 후 곧바로 이어진 두 번째 꿈의 내용은 꽤 선명하게 떠올라. 그건 이미지가 아니라 텍스트였으니까. 생각이었으니까. 필립의 머릿속엔 영화 〈인셉션〉의 몇 가지 장면들이 떠올랐다. 꿈속으로 들어간 인물들이 다시 한 번 더 깊은 단계의 꿈속으로 진입하는 장면. 제멋대로 접히고 구겨지는 공간. 뱅글뱅글 도는 호텔 복도. 근데 그 영화는 어디에서 봤지. 누구랑 봤더라. 어쨌거나 방금 꾼 꿈은 어쩌면 이 영화의 영향 때문인지도 모르겠어. 스토리는 거의 기억나지 않지만 몇 가지 장면들이 내 무의식에 남아 있어서 꿈에 영향을 미친 거야. 하지만 내가 두 번째로 꾼 꿈은 생각으로만 이뤄진 꿈이었어. 꿈에서 그렇게 연속적으로 생각하는 게 가능한가. 그것도 그 전에 꾼 꿈에 대해서 생각하는 일이. 필립은 알파벳과 숫자로 이뤄진 〈매트릭스〉의 세계와 방금 자신이 꾼 꿈속 세계의 유사성과 차이점에 대해 생각하다가 다시 눈을 감았다. 이상한 일이야. 이상한 일이야. 어쩌면 나는 여전히 꿈을 꾸고 있는 건지도 몰라.

아니야, 두 번째 꾼 꿈이라고 생각한 내용은 사실 꿈속에서 벌어진 일이 아니라 첫 번째 꿈을 꾸고 나서 잠시 잠에서 깼을 때, 비몽사몽인 상태에서 했던 생각이야. 그렇게 생각하던 중에 다시 잠에 빠져들었기 때문에 현실과 꿈을 제대로 구분하지 못한 거야. 현실에서 했던 생각을 꿈에서 했던 생각이라고 착각해버린 거야. 필립은 그렇게 생각했다. 하지만 확신할 수는 없었다. 어디까지가 꿈에서 했던 생각이고 어디까지가 현실에서 했던 생각인지 명확히 구분할 수 없었다.

그런데 나는 왜 눈물을 흘렸던 걸까. 슬픔에 대해 생각한 이유가 뭘까.

창밖이 어두웠지만 다시 잠이 올 것 같지 않아 필립은 책상 위에 올려 둔 아이폰을 집어 들었다. 침대에 누운 채 필립은 유튜브에서 도라에몽을 검색했다. 마리아가 어렸을 때부터 즐겨 봤다는 아동용 애니메이션 영화였어. 필립은 생각했다. 영화 자체는 딱히 재미있지 않았지만, 그 영화를 보며 행복해하는 마리아를 보는 건 즐거운 일이었어. 필립은 마리아와 함께 보았던 장면, 도라에몽의 4차원 주머니가 나오는 장면을 찾기 위해 이것저것 클릭하며 이 영상 저 영상 뒤적거리다가, 설마 지금 이 상황조차 꿈은 아니겠지, 다시 한번 의문스러워하다가, 이후 거짓말처럼 졸음이 몰려와 잠이 드는지도 모른 채 잠에 빠져들고 말았다.

3주에 걸쳐 『666, 페스트리카』를 읽는 동안, 필립은 그레이엄 밀러와 드미트리 데이비스를 만나 술을 마시기도 한다. 둘은 여전히 티격태격하는 느낌이었지만 필립이 걱정할 만한 수준은 아니었다. 이번에도 로돌포 존스를 만나지 못했기에 2 대 2 당구를 칠 수 없었는데, 브리지 펍 매니저인 레오 크로포드에게 로돌포 존스에 대해 물었더니, 그러고 보니 한동안 못 본 것 같네요, 라는 대답이 돌아왔기에, 필립은 한편으로는 그가 자신에게 모방과 표절의 차이 혹은 1급 모방 작가와 2급 모방 작가의 차이에 대해 설명했다는 사실 자체가 뒤늦게 부끄러워져서 그런 건지도 모르겠다고 생각했지만, 다른 한편으로는 그저 로돌포 존스 본인에게 사정이 있을 거라고 추측했다.

어느 날 하루는 퀸스 지역까지 걸어갔다가 21번 스트리트에 접어들었는데 일전에 마리아와 함께 〈스파이더맨: 홈커밍〉을 보고 나서 영화 속 델마르 샌드위치 가게가 있던 건물을 찾기 위해 21번 스트리트를 걸어 다녔지만 끝내 찾지 못해 실망했던 상황이 떠올랐고, 그때 마리아가 했던 말, 다른 마블 히어로보다 스파이더맨을 유독 좋아한 사실과 그 이유 -우리 또래의 히어로이기도 하고, 인종 다양성을 잘 드러냈기 때문이야- 라고 했던 말이 떠올랐다. 나중에야 알게 된 사실인데 사실 델마르 샌드위치 가게가 있던 곳은 퀸스가 아니라 애틀랜타였다.

잠시 후 필립은 자연스러운 연상 작용으로 센트럴 파크에 가보고 싶은 마음이 들어 7호선을 타고 타임스 스퀘어 역에 내린다. 하지만 그의 발걸음은 센트럴 파크 쪽이 아니라 역사 안에 울려 퍼지는 소음 쪽으로 향하게 되었다. 처음에는 누가 역사 내에서 이런 소음을 만들어 내는 건가 궁금한 마음에 소리가 나는 쪽으로 걸음을 옮겼는데, 차츰 자신의 걸음에 리듬이 생긴다는 사실을 깨닫게 되었다. 소리의 근원지에 도착하자 한쪽 벽을 기준으로 사람들이 둥그런 반원을 형성하고 있는 모습을 볼 수 있었다. 가까이 가서 보니 트럼펫 주자가 한 명, 베이스 드럼 한 대에 몇 가지 타악기를 설치한 주자가 한 명, 처음 보는 금관 악기를 부는 주자 한 명 해서 총 세 명이 연주하는 음악이었다. 주변 사람들이 하는 얘기를 듣고 필립은 처음 보는 금관 악기의 이름이 바리톤 색소폰이라는 사실도 알게 된다. 그들이 연주하는 음악은 소음과 음악의 경계에 걸쳐 있는 것처럼 느껴지기도 했고, 클래식과 일렉트로닉의 경계에 걸쳐 있는 것처럼 느껴지기도 했다. 시끄러우면서도 아주 흥겨운 음악이야. 필립은 생각했다. 반복되는 리듬 속에서도 자꾸만 변주가 있어. Too Many Zooz, 특이한 음악만큼 특이한 밴드명이야. 그 자리에서 20여 분 동안 공연을 감상한 후 필립은 그들의 CD 음반을 구입했고, 센트럴 파크에 가려고 했다는 사실은 까맣게 잊은 채 다시 3호선을 타고 집으로 향한다.

출국한 지 3주가 넘도록 마리아 히토미에겐 연락 한 통 없었는데, 처음에 필립은 단순히, 타국에 있느라, 심지어 아버지 장례식을 치르느라 정신이 없어서 그랬을 거라고 생각했다. 하지만 연락 없는 상황이 일주일이 지나고 다시 일주일이 지나고 또다시 일주일이 지날 때까지 이어지자 설마 무슨 일이 생긴 건 아닌지 걱정하지 않을 수 없었고, 물론 중간중간 문자 메시지를 보내거나 전화 통화를 시도하기도 했지만 마리아에겐 아무 반응이 없어서, 보스턴의 마리아네 부모님께 연락이라도 해 봐야 하는 건 아닐까, 근데 연락처를 모르잖아, 하긴, 혹시 무슨 일이 생겼으면 진작 연락이 왔을 거야, 어쩌면 아무 소식이 없는 게 좋은 일일지도 몰라, 하고 생각을 고쳐먹었다.

그사이 처음으로 독서 모임에 참여하기도 했는데, 원래 알고 있던 캐런 바우어와 올리비아 후아레스 외에도 낯익은 인물이 있어서 깜짝 놀랐다. 바로 브리지 펍 매니저인 레오 크로포드였다. 그리고 보니 바 위에 항상 책 한두 권씩은 놓여 있었어. 그랬던 것 같아. 필립은 생각했다. 손님이 많지 않을 땐 아무 데서나 혼자 책을 읽기도 했지. 둘은 반가움과 놀라움을 느끼며 악수를 나눴고, 둘이 이미 아는 사이였다는 사실을 알고 캐런과 올리비아 또한 놀라워했다. 이럴 때 보면 세상이 정말 좁은 것 같다니까. 올리비아가 말했다. 그날은 앞으로 독서 모임을 어떤 방식으로 운영할지, 어떤 주제를 잡고 책을 고를지에 대해 이야기를 나누었다. 두어 시간 이야기를 나눈 끝에, 실험적인 글쓰기를 시도한 중편 분량의 소설을 고르되, 모임 당일에 각자 한두 페이지씩 돌아가면서 읽고, 모임 때 읽지 못한 남은 부분은 각자 알아서 읽는 방식으로 하기로 했다. 또한 모임 주기를 당분간 2주일에 1회에서 1주일에 1회로 변경하기로 했는데, 책 분량이 적기도 하거니와, 방학 기간이기도 하다는 것이 이유였다. 대학생들이 참여할 시간이 있지 않을까 해서 말이야. 캐런 바우어가 말했고, 나머지 모임 멤버들도 캐런의 말에 동의했다. 책 선정은 레오와 캐런과 올리비아가 돌아가면서 담당하기로 했다.

필립은 오랜만에 넷플릭스에 들어갔다가 드라마 〈다크〉의 두 번째 시즌 영상이 올라와 있다는 사실도 확인했다. 필립은 반가운 마음에 시즌 2의 첫 번째 영상을 보기 시작했다. 하지만 아무리 떠올리려 해도 시즌 1이 어떻게 끝이 났고, 등장인물들이 어떤 관계를 이루고 있는지 잘 떠오르지 않았다. 분명 재밌게 봤는데, 분명 재밌게 본 드라마인데. 필립은 하릴없이 중얼거렸지만 여전히 시즌 1의 내용이 떠오르지 않았고, 대신 〈다크〉 시즌 1을 보던 재작년이, 이 공간에서 함께 보았던 마리아 히토미가 떠오를 뿐이었다.

그렇게 3주라는 시간을 보내며 필립은 『666, 페스트리카』를 다 읽을 수 있었고, 바로 이튿날, 늘 하던 산책을 마치고 집에 들어오는 길에, 우편함에서 낯선 나라의 우표가 붙어 있는 편지 봉투를 발견한다. 겉봉엔 낯선 지명이 적혀 있었지만 낯익은 이름 또한 적혀 있었다. 마리아 히토미. 마리아 히토미가 보낸 편지였다. 도대체 뭐가 들었기에 이렇게 두껍지. 필립은 반가움과 설렘을 안은 채 지갑만큼이나 두툼한 편지를 만지작거리며 빠르게 집 안으로 들어갔고, 소파에 앉아 곧장 편지 봉투를 뜯어 내용물을 살펴보았다. 안에는 마리아 히토미가 볼펜으로 직접 쓴, 수십 장 분량의 편지가 들어 있었다. 필립 로커웨이는 곧장 편지를 읽기 시작했다. 천천히 다 읽고 나니 30분의 시간이 지나 있었다. 필립은 편지 속의 내용을 믿을 수가 없었기에 다시 한번 편지를 읽어야만 했다. 다시 20여 분의 시간이 흘렀고, 필립의 눈가에는 눈물이 맺혀 있었다. 거실에는 어느새 어둠이 깔려 있었고, 필립은 소파에 드러누워 편지를 가슴에 올려 둔 채 멍하니 천장을 바라보았다.

2부

필립이 참여한 독서 모임에서 처음 읽기로 한 책은 레오 크로 포드가 추천한 에두아르 르베의 『자화상』이었다. 모임에는 기존의 네 명 외에도 두 명이 더 참여해 총 여섯 명이 자리하고 있었다. 캐런이 인스타그램 서점 계정에 홍보한 덕분이었다. 각자 간단히 자기소개를 한 후 레오가 책에 대해 설명했다. 이 책을 무슨 책이라고 해야 할지 모르겠어요. 카테고리의 차원에서 말이죠. 자서전으로 분류해야 하나? 아니면 자전적인 소설인가? 작가 스스로는 소설이 아니라고 말했다지만, 사실 소설이라고 보지 않을 이유도 없을 것 같아요. 장르 규정이 어려운 모든 글을 포괄할 수 있는 소설이라는 장르의 특성상. 어쨌거나 아주 독특한 책이에요. 제목 그대로 '자화상'이라는 새로운 장르를 발명했다고 할 수도 있겠죠. 서사적인 요소는 전혀 없어요. 나는 무엇 무엇이다, 나는 무엇 무엇이다, 이런 문장들로만 이루어졌으니까. 특별한 순서나 기

준 없이 그런 문장들이 계속 나열돼 있죠. 그래서 아주 단조롭게 느껴질 수 있는데, 단조로움 속에서도 변주가 많은 작품이에요. 독자에 따라 유머를 느낄 수 있는 부분도 있을 것 같고. 저는 미리 한번 읽어 봤는데, 읽으면서 나도 이렇게 한번 써 보고 싶다, 그런 생각이 들었어요. 어떤 문장을 읽으면서는, 이 사람은 이런 생각을 하는구나, 나랑은 달라, 이렇게 생각할 때도 있었고, 반대로 어떤 문장에서는, 나에게도 이런 부분이 있어, 라고 생각할 때도 있었어요. 같이 낭독하기에 좋은 책이라고 생각해서 이 책을 골랐습니다. 아, 작가에 대해 간단히 소개해 보자면, 원래는 사진작가로 활동하던 사람이었다고 하네요. 사진집도 여러 권 나와 있고. 이 책 『자화상』은 미국을 여행하면서 썼다고 해요. 그리고 『자살』이라는 소설을 마지막으로 썼는데, 그 작품을 쓰고 나서 열흘 후에 작가 역시 자살로 생을 마감했습니다. 마흔두 살의 나이였어요.

필립은 독서 모임을 마친 후 집으로 돌아와 『자화상』의 나머지 부분을 읽어 나갔다. 하지만 독서에 속도가 붙지 않았다. 읽는 동안 이 작가와 자신이 어떤 점이 같고 어떤 점이 다른지 끊임없이 떠올랐기 때문이었고, 이 책 스타일을 모방해서 쓰는 일에 대해 생각했기 때문이었다. 재밌긴 하겠지만, 어떨까, 이 작품을 모방해서 써도 괜찮을까. 이 작품에는 이미 에두아르 르베의 스타일이 고스란히 담겨 있는데. 나는 무엇이다, 라는 문장이 반복되는 순간 독자들은 에두아르 르베를 떠올릴 거야. 이 사람은 아무도 모방할 수 없는 자기만의 스타일을 발명했어. 하지만 연습 삼아 써 보는 건 나쁘지 않을 것 같아. 레오 크로포드가 말했듯이, 읽고 있다 보면 나도 이렇게 한번 써 보고 싶다는 생각이 드니까.

그리하여 필립은 며칠 전에 구입한 노트를 펼쳐, 책을 읽는 동안 떠오르는 문장을 하나하나 적어가기 시작한다. 나는 브루클린에서 태어난 일에 기뻐한 적도 없고 슬퍼한 적도 없다. 내가 브루클린을 사랑하는지는 잘 모르겠지만 그렇다고 떠나고 싶다고 생각하지도 않는다. 나는 은행 계좌에 돈이 얼마나 들어 있는지 며칠에 한 번씩은 신경 쓴다. 특정 영화가 내게 영향을 미쳤다고 생각하지는 않지만 나는 이따금 영화를 통해 꿈속 장면을 해석하기도 한다. 나는 자살 시도를 해 본 적이 없음은 물론 자살 시도 유혹을 느낀 적도 없다. 요즈음 나는 작가들의 이름에 매혹을 느끼는데 그 이유에 대해 분석해 본 적은 없다. 나는 마리아 앞에서 자위를 한 적이 있다. 나는 마리아에 대해서는 별로 얘기하지 않지만 주변 사람들이 자기가 사귀는 여자에 대해 말하는 것은 즐겨 듣는 편이다. 나는 잘생기지도 못생기지도 않았다. 나는 식어 가는 사랑의 고통에서 아무것도 발견하지 못하고 그저 어떤 식으로든 벗어나고 싶을 뿐이다. 나는 건강한 편이라 의사에게 가는 일이 거의 없다. 나는 나무들의 이름을 알지 못한다. 대부분의 사람들이 어떤지는 모르겠으나 나는 브루클린이라는 지명이 네덜란드의 브뢰컬런에서 왔다는 것 정도는 알고 있다. 나는 아직 이주에 대해 생각해 본 적이 없고 앞으로도 없을 것 같다. 고가도로에선 아무런 생명력도 느낄 수 없다. 나는 내가 무엇을 원하는지 모른다. 나는 아직 미국 밖으로 나가 본 적이 없지만 만약 가게 된다면 러시아나 일본이 될 가능성이 크다. 나는 내가 미국인이라는 사실에 아무런 자부심이 없다. 나는 시력이 좋다. 나는 "자본주의라는 괴물과 어떻게 싸우지?"라는 마리아너 융게의 문장을 기억하고 있다. 앙리 브라운과 달리 내 성과 이름은 내게 큰 의미를 지니지 않는다. 어떤 옷이 확실히 마음에 든다고 같은 옷을 여러 벌 구입하지는 않는다. 나는 『666, 페스트리카』를 읽었다. 앞의 문장은 '읽었다'의 의미에 대해 생각하게 한다. 나는 열다섯 살 때 학교 안에서 처음으로 담배를 피웠다. 나는 열일곱 살 때 서로 사랑하지 않는다는 걸 잘 알고 있던 반 친구와 처음으로 섹스를 했다. 최근에 나는 잠에서 깨는 것보다 잠이 드는 것이 어려울 때가 있다. 나는 반바지에 흰색 양말을 신지 않는다. 나는 아주 좋아하는 나무, 가수, 영화, 티셔츠, 음식점이 없다. 필립은 글을 쓰는 도중 자신과 똑같다고 생각하는 문장과 몇 번이나 마주쳤지만 굳이 옮겨 적지는 않았다. 이미 이 작가가 선점한 문장이야. 필립은 그렇게 생각했다.

마리아 히토미는 편지에 이렇게 적었다.

처음엔 도쿄 타워 사진이 프린트된 엽서에 편지를 쓰려고 했어. 근데 무슨 말을 해야 할지 막막하더라. 아니, 해야 할 말이 너무 많아서, 하고 싶은 말이 너무 많아서 엽서가 비좁게 느껴졌어. 그래서 편의점에서 이렇게 밋밋한 편지지를 구입해 편지를 쓰고 있어. 안녕, 필립. 잘 지내고 있지? 나도 잘 지내고 있어. 여기 도쿄에서. 이곳에 온 지도 어느덧 닷새가 지났고, 이제 나는 도쿄를 떠나 교토라는 곳으로 가려고 해. 너무 갑작스러운 전개인가? 교토가 어디인지, 또 교토에 왜 가려고 하는지 말하기 전에, 우선 그동안 나에게 무슨 일이 있었는지 적어 봐야겠어. 이미 말한 적이 있지만, 이번 일본 방문은 나의 첫 번째 일본 방문이야. 단순한 외국이 아니지. 아빠의 고향이고, 그러므로 내 존재의 절반을 형성하고 있는 나라니까. 하지만 별다른 감흥은 없었어. 낯선 나라에 도착했을 때 느끼는 약간의 설렘 이상은 아니었어. 무엇보다 나는 여행하러 온 게 아니니까. 아빠의 장례식에 참석하러 온 거니까. 나리타 공항에 도착했을 때부터 이야기를 시작해야겠다. 부스스한 얼굴로 입국장을 나오면서 주변을 둘러보았지. 누군가 입국장에 나오기로 했거든. 얼마 지나지 않아 '마리아 히토미'가 적힌 스케치북을 들고 있는 사람을 발견할 수 있었어. 히토미 겐조. 나와 성이 같은 아이. [일본은 우리와 달리 성을 앞에 쓰는 나라야.] 알고 보니 남동생이었어. 아빠의 아들. 나보다 두 살 적은. 근데 나중에 다시 알게 됐는데, 겐조는 법적인 남동생도 아니고 피가 섞인 남동생도 아니었어. 세상엔 그런 일도 있을 수 있는 것 같아. 처음엔 그런 사실을 몰랐어. 처음엔 그냥 이름만 들었으니까. '히토미라는 낯익은 성 때문에 나와 비슷하게 생겼다고 착각하기까지 했으니까. 겐조는 다른 어른들은 시간이 여의찮아 자기 혼자 나를 데리러 왔다고 했어. 오랜만에 들은 일본어라 순간적으로 못 알아들었는데, 겐조가 내 반응을 눈치챘는지 일본어를 할 수 있느냐고 영어로 물었어. 나는 천천히 말하면 일본어를 할 수 있다고 일본어로 말했지. 그러니까 겐조가 다행이라고 하면서 자기는 영어를 못한다고 말했어. 그리고 나서 잠시 후 이렇게 말하더라고. 아버지한테 가끔 듣기는 했는데, 이렇게 직접 만나게 돼서 너무 반가워요. 그동안 한번 만나보고 싶었는데, 결국 보게 되네요. 전 형제가 없거든요. 아버지 장례식 때문에 오셨으니 결국 아버지가 만나게 해 줬다고 해도 과언이 아닌 것 같아요. 돌아가시긴 했지만 분명 좋아하실 거예요.

마리아는 히토미 겐조가 하는 말을 들으며, 어떻게 자신에게 남동생이 있을 수 있는지, 설마 아빠가 결혼 생활 중에 몰래 바람을 피워서 아이를 가진 건지 의문을 품은 채 주차장으로 향했다. 마리아의 의문은 차를 타고 가는 길에 해소됐다. 겐조의 어머니는 비혼모로 아버지 없이 겐조를 키웠는데, 겐조가 고등학생일 때 겐조의 어머니가 히토미 씨와 결혼하면서 자기 이름도 히토미 겐조가 됐다는 것. 그러니까 이름만 들으면 남동생처럼 보일 수도 있지만 따지고 보면 마리아와 겐조는 아무 사이도 아니었던 것이다. 겐조는 음악을 듣겠냐고 물었고, 마리아는 좋다고 말했다. 겐조가 CD 플레이어의 버튼을 누르자 음악이 흘러나왔다. 70년대, 80년대 일본에서 유행한 시티팝 모음집이에요. 아버지가 좋아하던 음악이었어요. 겐조가 말했다. 마리아는 흘러나오는 음악을 들으며 차창 밖으로 지나가는 풍경을 바라보았다. 주로 논이거나 밭이었으며, 간혹 2층짜리 일본식 주택 몇 채가 모여 있는 마을이 보였다. 어쩐지 바깥 경치와 잘 어울리는 음악이야. 노스텔지어를 자극하는 느낌이 들기도 해. 마리아는 생각했다. 길가의 나뭇잎이 좌우로 흔들렸고, 이따금 자전거를 탄 사람들이 논 사이를 지나갔다. 근데 아버지는 어떻게 돌아가셨어요? 마리아가 물었다. 그 물음에 겐조는, 어? 얘기 못 들으셨구나… 하고 말을 줄이더니, 아버지 돌아가셨다는 소식은 어떻게 알게 됐어요? 하고 되물었다. 저희 엄마가 알려 줬어요. 그러니까 아빠의 이전 부인. 엄마를 이런 식으로 말하니까 이상하긴 하지만. 마리아가 말했다. 그렇군요. 그럼 제가 공항에 마중 나온다는 건 누구한테 들었어요? 겐조가 다시 물었다. 마리아는 자신의 핸드폰을 보고 번호 하나를 말했다. 이분이 알려 줬어요. 혹시 누군지 알아요? 마리아가 물었다. 저희 엄마 번호예요. 엄마가 알려 줬구나. 겐조가 혼잣말을 하듯 말했다. 그러고 나서 둘은 잠시 입을 다물었는데, 얼마 후 마리아는 자기가 아까 했던 질문을 떠올리고 겐조에게 다시 한번 물었다. 근데 아버지는 어떻게 돌아가셨어요? 병이 있었던 건지, 아니면 사고를 당한 건지. 겐조는, 어차피 나중에 알게 될 일이니까, 라고 혼자 구시렁거리더니, 자살했어요, 라고 살짝 목소리를 높여 말했다. 마리아는 겐조의 목소리 톤이 약간 경쾌하게 느껴졌기에,

자살의 의미가 자기가 알고 있는 자살이라는 단어와 같은 의미인지 물어봐야 했다. 자살한다는 게, 스스로 목숨을 끊는다는 뜻 맞죠? 마리아의 질문에 겐조는 아까와 비슷한 목소리로, 네, 맞아요, 라고 말했다. 그 후 마리아 히토미는 한동안 입을 다문 채 정면을 바라보았고, 히토미 겐조 역시 별다른 말은 하지 않은 채 운전에 집중했다.

필립 로커웨이는 이튿날에도 어제 했던 일을 반복했다. 나는 청바지가 여섯 벌 있다. 나는 검은색 티셔츠가 딱 한 벌 있지만 거의 입지 않는다. 나는 갈색 가죽 재킷과 진 재킷이 한 벌씩 있다. 나는 어린 시절과 청소년 시절에 특별한 향수를 느끼지 않는다. 나는 생각한 것을 말하지 않는 일에 익숙하다. 무언가가 없으면 살 수 없다는 식으로 생각해 본 적이 없어서 이번 기회에 한번 생각해 보았으나 딱히 떠오르는 무언가는 없었다. 나는 지금 모방하고 있다. 나는 다른 여자를 생각하며 마리아 히토미와 사랑을 나눈 적은 없지만, 마리아 히토미와 사랑을 나누던 중 문득 다른 여자가 떠오른 적은 있다. 나는 정치, 경제, 국제 문제에 대해 잘 모르거나 대체로 모르는 편이다. 나는 구두보다 운동화나 스니커즈를 신는 일이 잦다.

필립은 "아무것도 이루려 하지 않을 때 아이디어가 떠오른다."는 문장을 읽고 나서 잠시 책과 노트에서 눈을 뗐다. 3주 동안

『666, 페스트리카』를 읽고 나서 다시 읽기 시작한 후로도 며칠이 흘렀어. 필립은 생각했다. 하지만 아직 소설은 한 줄도 쓰지 못한 채 다른 작가의 글을 모방하고만 있어. 뭔가 이루려 하기 때문에 아이디어가 떠오르지 않는 걸까. 애초에 소설 한 편도 써 본 적 없는 사람이 『666, 페스트리카』 같은 대작을 읽기로 마음먹은 것 자체가 잘못된 일 아닐까. 르베의 말처럼, 아무것도 이루려 하지 않다 보면 어떤 아이디어가 떠오를까. 얼마나 기다려야 하는 걸까.

필립은 "관련이 없는 두 가지를 연결하는 것은 내게 아이디어를 제공한다."는 문장을 읽고 다시 한번 책과 노트에서 눈을 뗐다. 관련이 없는 두 가지라. 필립은 허공을 보며 구시렁거렸다. 그러고 나서 주변을 두리번거리며 관련이 없는 물건들을 연결시켜 보았다. 지도와 텔레비전 리모컨. 휴지통과 거울. 벨트와 헤어드라이어. 휴지와 도마. 책상과 바다. 옷걸이와 보드카. 인터넷과 공산주의. 커튼과 산책. 뉴욕과 이어폰. 하지만 필립의 머릿속엔 그 어떤 아이디어도 떠오르지 않았다. 도대체 어떤 아이디어를 제공한다는 거지. 방식이 잘못된 걸까.

그날 필립 로커웨이가 마지막으로 쓴 문장은 이렇다.

나는 에두아르 르베에 비하면 불명확한 사람이고, 단조롭고 심심한 삶을 살았으며, 나 자신에 대해 잘 모른 채 살아왔다.

이후 필립은 『자화상』을 책꽂이에 꽂아둔 채 다시 『666, 페스트리카』 읽기에 돌입했다.

독서 모임에서 두 번째로 다룬 책은 올리비아 후아레스가 고른 조 브레이너드의 『나는 기억한다』였다. 모임에 참여한 인원은 기존의 네 명 외에 새로 참여한 사람 한 명을 더해 총 다섯 명. 지난주에 읽은 에두아르 르베는 글을 쓰기 전 사진으로 자신의 예술 활동을 시작했는데, 올리비아가 말했다, 이번에 제가 고른 『나는 기억한다』의 작가 조 브레이너드는 미술 쪽에서 두각을 나타냈다고 해요. 회화뿐만 아니라 잡지의 표지 그림이나 연극 공연의 세트 디자인 작업까지. 역시 재능 있는 글쟁이들은 장르를 가리지 않고 자신의 예술성을 표현하는 걸까요. 그의 작품은 가까운 뉴욕 현대미술관에서 볼 수 있어요. 작가 소개는 이 정도로 간단하게 끝내고 책을 한번 볼까요. 이 책은 제목 그대로 '나는 기억한다'라는 구절로 시작되는 수많은 문장으로 이루어진 책이에요. 작가가 기억하는 건 무궁무진해요. 과거의 아련한 추억에서부터, 저라면 말하기 어려운 내밀한 고백까지. 의미심장한 역사적 사건에서부터 아주 사소한 개인적 경험까지. 이 책 역시 일종의 '자화상'으로 볼 수도 있을 것 같아요. 무엇보다 이 책의 가장 큰 특징은, 전 세계 수많은 작가에게 영감을 줬다는 점이에요. 1975년에 처음 출간된 이후로 지금까지 수많은 작가가 자기 나름의 『나는 기억한다』를 펴냈는데, 그중에 가장 유명한 것은 조르주 페렉의 『나는 기억한다』일 거예요. 페렉은 책에다 조 브레이너드에게 헌정한다는 글을 남기기도 했죠. 페렉이 속해 있던 문학 모임 울리포의 다른 작가들은 페렉이 사망한 후 일종의 추모의 의미로 페렉과 만났던 순간들을 기억하며 글을 남겼어요. 우리 브루클린의 작가 폴 오스터는 조 브레이너드의 『나는 기억한다』를 걸작이라 칭했고, 『조 브레이너드 문집』에 긴 서문을 쓰기도 했죠. 그 외에도 여러 대학 교수들이 글쓰기 수업에서 이런 글쓰기 방식을 활용하고 있고요. '나는 기억한다'를 변주해서 '나는 기억하지 못한다'나 '나는 잊었다', '나는 알고 있다' 등의 구절로 시작하는 문장을 쓸 수도 있을 것 같아요.

모임에 참여한 다섯 명은 각자 두 페이지씩 책을 낭독했고, 낭독을 두 바퀴 돌고 나서 각자 간단하게 감상을 말했다. 필립은 자신의 감상 차례 때, 지난주 『자화상』을 모방하며 글을 쓸 때도 생각했던 것, 그러니까 일전에 로돌포 존스가 자신에게 해 준 이야기, 다시 말해 작가는 전부 모방 작가이고 모방 작가는 1급 모방 작가와 2급 모방 작가와 3급 모방 작가로 나눌 수 있다는 내용의 이야기를 두서없이 풀어 나갔다. 필립의 이야기가 끝나자마자 캐런 바우어가 그건 좀 아닌 것 같아 필립 로커웨이, 라고 말하며 반론을 꺼냈다. 필립은 캐런 바우어를 바라보며, 이번 주에도 지난주와 마찬가지로 등 쪽에 "나는 너와 함께 있을 거야, 오늘"이라는 문구가 새겨진 티셔츠를 입었어, 라고 생각했다.

"물론 어떤 작가가 다른 작가들의 작품을 조금씩 모방하는 일은 있을 수 있겠지. 아니면 작가가 감명 깊게 읽은 작품의 어떤 요소를 의식하지 못한 채 쓸 수도 있을 테고. 충분히 있을 수 있는 일이야. 모방에 대해서 특별히 비판하고 싶은 건 아니야. 모방을 활용해서 아예 '혼성 모방'이라는 창작 기법이 나오기도 했으니까. 내가 네 말에서 지적하고 싶은 건, 작가들의 등급을 나눴다는 점이야. 주스나 우유의 등급을 매기듯이 작가들의 등급을 매기는 일은 불합리하기도 하거니와 아주 폭력적인 일이라고 생각해. 학술적으로 보면 분명 좀 더 연구할 만한 요소가 많은 작품이나 작가가 있을 수 있어. 하지만 결국 문학이란 취향의 문제가 아닐까 싶어. 고전에는 분명 고전 나름의 가치가 있고 의미가 있어. 무엇보다 수 세기에 걸쳐 많은 사람에게 읽혀 왔으니까. 하지만 나에게 와 닿지 않은 가치와 의미는 그림의 떡 같은 것 아닐까? 잘 그렸다, 예쁘다, 먹음직스럽다. 근데 그럼 뭐 해. 당장 먹을 수가 없는데. 내 허기는 채워지지 않는데. 수십 군데 출판사에서 거절 받은 원고가 운 좋게 출간된 이후 많은 독자에게 사랑받는 경우도 있고, 출간됐을 때 많은 비평가에게 날 선 비판의 말을 들은 작품이 시간이 지나면서 초반의 평가가 뒤집히는 경우도 있어. 문제는 모방도 아니고 등급도 아니라고 생각해. 우리 각자 서로의 취향을 존중하면서, 나와는 다른 누군가의 소설 취향에 대해 생각하면서, 결국엔 자기 취향의 폭을 넓히는 게 중요한 일 아닐까. 독자로서든. 작가로서든. 우리가 지금 여기에서 독서 모임을 하고 있는 것도 그것 때문이고. 그렇게 생각하지 않아, 필립 로커웨이?"

마리아 히토미는 계속해서 편지에 이렇게 썼다.

아버지가 자살했다는 이야기를 듣자 눈앞이 캄캄해지는 기분이었어. 아니, 정확하게 표현하면 눈 안으로 빛이며 이런저런 바깥 풍경의 모습들이 들어오는 건 분명한데, 그게 무엇인지 구체적으로 인식할 수 없는 느낌이었달까. 뇌로 전해지는 시각 정보가 차단된 느낌. 시각 정보뿐만 아니라 청각 정보도. 분명 방금 전까지 차 안에 음악이 흐르고 있었는데, 갑자기 음 소거가 된 것처럼 아무 소리도 들리지 않았어. 나는 아버지에 대해 생각하려 했어. 미국에 와서 어머니와 결혼했다가 이혼하고 나서 다시 일본으로 돌아간 아버지. 일본으로 돌아와 재혼까지 해 놓고서 자살해 버린 아버지. 하지만 나는 아버지에 대해 아무것도 떠올릴 수 없었어. 손 위에 올려 둔 얼음이 녹아 버린 것처럼, 다만 어떤 흔적만 남긴 채, 아버지에 대한 기억이 모조리 사라져 버린 것 같았어.

지금까지 살면서 일본인이란 정체성은 별로 없었던 것 같아. 물론 아버지도 일본인이고 어머니도 일본계이기는 하지만. 사실 어머니는 나처럼 미국에서 나고 자랐기 때문에 미국인이라고 하는 게 맞지. 아버지는 대학교에서 미국 문학을 전공했고, 어머니는 같은 대학교에서 일본 문학을 전공했어. 두 분이 어떻게 만났는지 자세히는 모르지만, 충분히 상상할 수 있는 일이겠지. 분명 문학이 매개가 됐을 거야. 내가 어린 시절부터 소설을 즐겨 읽었던 건 분명 두 분의 영향이 컸어. 어린아이가 집안 곳곳에 꽂혀 있는 책들을 보며 관심을 갖지 않기란 힘든 일이었을 테니. 어렸을 때는 일본어를 곧잘 했던 것 같아. 집에서 일본어를 자주 사용했으니까. 부모님의 국적이 다른 수많은 다른 미국인들과 마찬가지로 2개 국어를 별 부담 없이 사용할 수 있었던 것 같아. 영어와는 다른 일본어의 호칭 문화나 경어에도 익숙한 편이었고. 그렇다고 특별히 일본계 친구와 더 친하게 지내지는 않았어. 어떤 면에서는 운이 좋았다고 할 수 있지. 학창 시절을 지내는 동안, 외모가 다르다고, 인종이 다르다고 차별받은 기억은 딱히 없으니까. 다양한 인종의 친구들과 큰 장벽 없이 잘 어울렸던 것 같아.

어쨌거나 난 미국에서 태어났고, 미국의 학교를 나왔으며, 미국식 영어로 읽고 쓰고 소통하는 데 아무런 어려움을 느끼지 않았어. 미국 역사를 공부하고 미국 헌법을 공부하는 데 아무런 이질감을 느끼지 않았어. 요컨대, 나는 내가 미국인이라고만 생각하며 살아왔던 거야.

근데 일본에 왔을 때 느껴진 익숙함 같은 건 뭐였을까. 나리타 공항에 도착하자마자 전해진 어떤 낯익음 같은 것. 나와 비슷한 외모의 사람들 속에 있었기 때문일까. 어머니가 미국인 새 아버지와 재혼한 후로 몇 년 동안 일본어를 사용하지 않아서 처음에 겐조가 일본어로 말을 걸었을 때 조금 당황하기도 했지만, 자꾸 듣고 말하다 보니 어느새 일본어도 예전처럼 술술 나오기 시작했어. 다른 무엇보다, 거울을 볼 때마다 나는 서양인이나 미국인보다는 이곳의 동양인들, 일본인들과 훨씬 유사하다는 걸 깨달을 수밖에 없었지. 미국에 있을 때는 별로 의식해 보지 않는 나의 정체성을, 일본에 와서야 새삼 다시 생각해 보게 되었어.

마리아 히토미가 잠에서 깼을 때 이미 사위는 어두워 있었다.

마리아는 순간적으로 자기가 지금 꿈을 꾸고 있는 건지, 지금 여기가 어디인지 제대로 파악할 수 없었다. 운전석에 있어야 할 히토미 겐조도 보이지 않았다. 어떻게 된 일인지 잠시 어리둥절해하고 있는데 갑자기 운전석 쪽 문이 열렸고, 어, 깼네요, 하는 겐조의 목소리가 들렸다. 도착했어요. 우선 누나가 가져온 캐리어랑 가방은 집에 가져다 뒀고요. 장례식장이 이 근처니까 잠깐 들렀다가요. 어머니랑 할머니 두 분 다 누나를 엄청 기다리고 있을 테니. 아버지한테 인사도 드리고. 마리아는 그제야 정신이 퍼뜩 들었고, 자신이 아버지의 장례식 때문에 일본에 왔다는 사실을 깨달았다. 마리아는 제일 먼저 자신의 캐주얼한 옷차림을 자각했기에, 그럼 집에 가서 옷만 갈아입고 올게요, 라고 말했다. 그러자 겐조는, 이대로 가도 괜찮아요, 어차피 진짜 장례식은 내일부터니까, 어머니랑 할머니도 지금은 편하게 입고 있어요, 라고 말했다. 마리아는 미국에서부터 스무 시간 가까이 입고 있던 구겨진 티셔츠와 청바지가 후줄근해 보였고 혹시 냄새라도 나는 게 아닐까 신경 쓰였지만, 그렇다고 향수를 뿌릴 수도 없을 것 같았다. 마리아가 주저하는 모습을 보이자 겐조는, 이대로 가도 정말 괜찮아요, 저도 면바지에 편하게 입었잖아요, 라고 말했다. 마리아는, 알았어요, 라고 말하며 겐조를 따라 걸음을 옮겼다. 그리고 마리아는 문득 이 사람이 자신의 마음을 잘 읽는 것 같다는 느낌을 받았다. 마리아는 누군가가 자신의 속내를 읽는 일에, 그것도 만난 지 두어 시간밖에 지나지 않은 남자가 자신의 속내를 읽는 일에 익숙하지 않았지만, 뜻밖에 나쁜 기분은 들지 않았다. 아니, 차라리 그건 꽤 신선한 기분이라고 할 수 있었다.

그들은 5분 남짓 걸어서 장례식장 건물에 다다랐다. 마리아는 장례식장이 교회나 성당이 아니라는 사실에 조금 놀랐다. 일본 어디에서나 쉽게 볼 수 있는 평범한 3층짜리 건물이잖아. 이런 데서 장례식을 하는 건가? 일본은 미국이랑 많이 다르구나. 그리고 나서 마리아는 자신이 아직 누군가의 장례식에 가 본 적이 없다는 사실을 떠올렸다. 할아버지, 할머니는 물론, 주변 친척이나 친구 중에 아직 사망한 사람은 없어. 내가 접한 장례식은 전부 드라마나 영화에서 본 것뿐이야. 사실상 아버지의 장례식이 내가 참석하는 첫 번째 장례식이야. 그것도 미국식 장례가 아니라 일본식 장례. 그러고 보니 다음 달이면 벌써 필립 형의 기일이구나. 작년 기일 때도 필립은 혼자서 형이 묻혀 있는 그린우드 공동묘지에 갔었지. 형에 대한 이야기만 나오면 부루퉁하게 입을 다물던 필립. 언젠가 형에 대해 입을 떼는 날이 오리라 기대했지만 그런 시간은 아직 찾아오지 않았어. 앞으로 영원히 찾아오지 않을지도 모르겠고. 모르는 일이지만. 모를 일이지만. 어쨌거나 나이를 먹는다는 건 이런 거겠지. 챙겨야 하는 누군가의 기일이 매년 늘어나는 것. 죽은 누군가를 떠올리는 날이 매년 늘어나는 것.

필립은 그날 저녁 『나는 기억한다』를 읽다가 노트를 펼쳐 '나는 기억한다'라고 적었다. 그러고 나서 생각했다. 그래, 어쩌면 캐런 바우어의 말이 맞는지도 몰라. 무엇을 모방하느냐에 따라 작가의 등급을 나눈다는 건 말이 안 돼. 그리고 어떻게 모든 작가가 모방 작가일 수 있겠어. 중요한 건 모방하느냐 모방하지 않느냐가 아니야. 중요한 건 지금 무엇을 쓰고 있느냐야. 필립은 방금 적은 '나는 기억한다' 뒤에 '봉투에 낯선 외국어와 영어가 뒤섞인 편지를 받았던 때를'이라고 썼다. 첫 문장이 나오자 다음 문장부터는 비교적 술술 이어서 쓸 수 있었다. 거의 대부분이, 아니 모든 문장이 마리아 히토미와 관련된 내용이었다.

나는 기억한다, 우리가 자주 먹던 봉골레 파스타를.

나는 기억한다, 마리아가 담배를 피우던 모습을.

나는 기억한다, 속이 훤히 보이는 망사 속옷을 입고 음악에 맞춰 몸을 흔들던 마리아를.

나는 기억한다, 내가 일하던 이탈리안 레스토랑에 마리아가 처음으로 왔던 때를. 그녀는 친구들과 함께 고르곤졸라 피자를 먹었고, 나는 코카콜라를 서비스로 주었다.

나는 기억한다, 마리아가 집에서 즐겨 입던 검은색 티셔츠를. 티셔츠에 새겨진 한 남자의 얼굴을. 그가 안톤 체호프라는 사실은 최근에야 알게 됐다.

나는 기억한다, 내 손을 잡던 마리아의 작고 따뜻한 손을.

나는 기억한다, 유니언 스퀘어 공원에서 주코티 공원 쪽으로 걷던 중 마리아가 뜬금없이 내뱉은 말을. 뉴욕 지하에 개천이 흐른다는 소문을 들어 본 적 있느냐는 이야기였다.

나는 기억한다, 마리아와 함께 맨해튼 브리지를 건너며 보았던 석양을, 신비로웠던 보랏빛 하늘을, 커다란 쌍무지개를.

나는 기억한다, 오르가슴을 느낄 때 짓던 마리아의 표정을. 매번 보고 싶었지만 매번 볼 수는 없었던, 잔뜩 찌푸린 얼굴 속에서도 행복이 깃들어 있는 듯한 그 오묘한 표정을.

나는 기억한다, 침대 옆에 누워 있던 마리아가 형이 죽은 이유에 대해 물었던 순간을. 어떻게 답해야 할지 몰라 입을 맞추며 그 순간을 모면해야만 했고, 그 이후 마리아는 형에 대해 더 이상 묻지 않았다.

나는 기억한다, 미드타운의 어느 카페에서 옆자리에 앉아 있던 아시아 남자를 힐끔힐끔 쳐다보던 마리아를. 왜 그러냐고 묻자 자신이 알던 사람이랑 너무 많이 닮아서 그랬다고 했고, 그게 누구냐고 다시 물었을 때 마리아는 이렇게 답했다. 우리 아빠.

나는 기억한다, 내 생일 때 마리아가 직접 만들어 준 초콜릿을.

나는 기억한다, 작년에 마리아와 함께 본 〈어벤저스: 인피니티 워〉를. 나는 액션 장면이 많아서 좋았다고 했고 마리아는 비전이 두 번이나 죽어서 슬펐다고 했다.

나는 기억한다, 지난겨울 눈 내리던 날 마리아와 손잡고 걸었던 로어 이스트사이드를. 그 새하얗고 아름다웠던 풍경을.

나는 기억한다, 마리아의 귀여운 덧니를.

나는 기억한다, 마리아가 항상 들고 다니던 복숭아 향 핸드크림을.

나는 기억한다, 이따금 마리아가 내뱉던 '다메'라는 말을. 안 된다는 의미의 일본어였다.

필립 로커웨이는 『나는 기억한다』를 읽으며 천천히 한 문장씩 써 내려갔고, 한 시간쯤 지난 뒤 자신이 처음 쓴 문장으로 돌아가 보았다. 필립은 첫 문장을 소리 내어 읽었다. 나는 기억한다, 봉투에 낯선 외국어와 영어가 뒤섞인 편지를 받았던 때를. 그러고 나서 필립은 뒤에 이런 문장을 덧붙였다.

어쩌면 그때, 이미 봉투 속의 편지 내용을 짐작하고 있었는지도 모르겠다.

필립 로커웨이는 샤워를 하고 나와 평소보다 조금 이른 시간에 침대에 누웠다. 잠들 수 있으리라 생각하고 한동안 눈을 감고 있었다. 하지만 끝내 잠은 오지 않았다. 필립은 생각을 바꾸어 책상 위에 올려 둔 스마트폰을 들고 다시 침대에 드러누워 유튜브를 보려 했다. 그때 갑자기 캐런 바우어에게 문자 메시지가 왔다.

[너무 늦게 보내는 거 아닌가 모르겠어. 집에는 잘 들어갔지? 다름이 아니라 오늘 내가 너를 너무 몰아세운 것 같아서 말이야. 이야기할 때는 몰랐는

데, 막상 서점 문 닫고 집에 들어오니 자꾸 네게 내뱉은 말이 생각났어. 작가 혹은 모방 작가에 대한 의견은 사람에 따라 다를 수밖에 없는 건데. 너무 내 주장만 앞세운 것 같아서. 내가 했던 말이 혹시 과한 게 아니었는지, 과했다면 사과를 하고 싶어서 이 시간에 문자 메시지를 보내.]

필립은 캐런 바우어의 문자 메시지를 읽으며, 나는 전혀 생각지도 못했는데 바우어 혼자 미안해하고 있어, 그럴 필요 없는데, 라고 생각했다. 그러고 나서 곧장 문자 메시지를 작성했다.

[늦은 시간 아니야. 괜찮아. 네 말대로 모방 작가에 대한 관점은 사람에 따라 다른 것 같아. 내가 그 이야기를 할 때만 해도 그 말이 맞다고 생각했는데, 네 말을 들으면서 다시 생각이 바뀌었어. 작가는 등급에 따라 구분되는 게 아니라 그저 취향에 따라 갈리는 것뿐. 전혀 걱정하지 않아도 괜찮아. 내 입장에서는 되레 고맙다고 해야 할 판인걸.]

메시지를 보내고 얼마 후 다시 캐런 바우어에게 메시지가 왔다.

[그렇게 생각해 주니 다행이다. 이제 막 소설을 읽기 시작한 사람이 그런 의식을 갖고 책을 읽는 건 좋지 않다고 생각했어. 편견을 갖고 책을 접하게 될 테니까. 그럼 꾸준히 책 읽고, 쓰고자 하는 글도 잘 쓸 수 있길 바랄게. 좋은 밤.]

[맞아. 네 덕분에 나도 모방과 글쓰기에 대해 다른 방향에서 생각할 수 있게 됐어. 너도 좋은 밤.]

필립 로커웨이는 침대에 드러누운 채 슬며시 미소를 지었다.

머리와 얼굴을 시뻘건 페인트로 칠하고 항문에 오이를 쑤셔 넣은 채 나체로 목을 매달지 않아서 다행이죠. 마리아의 맞은편에 앉아 있던 겐조가 작은 목소리로 말했다. 마리아는 깜짝 놀라며 겐조를 바라보았다. 무슨 소리예요, 그게? 마리아의 질문에 겐조는, 혹시 오에 겐자부로라는 작가 알아요? 라고 물었다. 마리아는, 알고 있다고, 노벨문학상을 받은 작가가 아니냐고 답했다.

"그 작가가 쓴 소설에 나오는 이야기예요." 겐조가 말했다.

"뭐가요?" 마리아가 물었다.

"방금 한 이야기. 시뻘건 페인트니, 항문에 오이를 넣은 채 자살했다는 이야기. 등장인물 중 한 명이 그런 식으로 자살하거든요."

"그런 이야기를 갑자기 왜 하는 거예요?"

마리아 히토미는 일본에 도착한 당일 장례식장에 가서 어렸을 때 보긴 했지만 사실상 거의 기억이 나지 않는 할머니께 인사를 드렸고 아버지의 새 부인이자 히토미 겐조의 어머니에게도 인사를 드렸다. 하얀 천에 덮인 채 방 한구석에 가만히 누워 있는 아버지에게도 인사를 드렸다. 할머니가 아버지 얼굴에 덮인 천을 치워주어서 얼굴을 직접 보기도 했지만 마리아는 그곳에 눈을 감고 있는 사람이 어떤 순간에는 자신의 아버지처럼 보였지만 또 어떤 순간에는 완전히 낯선 사람처럼 보였다. 마리아는 할머니의 사투리를 제대로 알아듣기 어려웠고 겐조의 어머니와는 딱히 할 말이 없었기에 주로 입을 다물고 있었다. 두 분께 다시 인사를 드리고 겐조와 함께 장례식장에서 나와 아버지가 살던 집으로 돌아갔다. 겐조는 마리아에게 내일은 오후 6시부터 다른 곳에서 오쓰야라는 행사를 하는데 밤을 새울 예정이니까 그때까지 푹 쉬라고 말했다. 미국에서 여기까지 오느라 피곤했을 테니 푹 자고, 냉장고에 먹을 거리가 있으니 챙겨 먹으라는 말도 덧붙였다. 둘은 핸드폰 번호를 주고받았고, 이튿날 오후 5시 무렵 겐조는 마리아를 데리고 차를 타고 10여 분쯤 달려 어느 절에 도착했다. 행사 시간이 되어 가자 검은색 옷을 입은 조문객들이 모여들기 시작했고, 6시 정각이 되자 스님이 나와 염불을 하며 한 시간 정도 장례 행사를 진행했다. 이후 조문객들은 저녁 식사를 했고, 시간이 흘러 저녁 9시가 되자 가까운 친척 외에 남은 사람은 없었다. 조문객들을 접대하느라 바쁘게 돌아다니던 겐조는 그제야 여유를 찾고 테이블 구석 자리에 있던 마리아 맞은편에 앉아 늦은 식사를 했는데, 식사를 마칠 무렵 겐조가 그런 이야기를 한 것이었다.

마리아의 질문에 겐조가 다시 질문으로 응했다.

"아버지가 일본으로 넘어와서 소설 썼다는 거 알아요?"

마리아가 고개를 좌우로 젓자 겐조가 계속해서 말을 이었다.

"지금까지 있던 조문객들 있죠? 한 3분의 1 정도는 작가나 출판계 사람들이었어요. 아버지는 이혼하고 나서 일본으로 돌아와 자신의 미국 경험이 담긴 일종의 사소설을 써서 마흔이 넘은 나이에 소설가로 데뷔했어요. 어떤 이유에서인지 실명을 쓰지 않고 필명을 사용했죠. 미국은 좀 다른 걸로 알고 있지만, 아무튼 일본에서 순문학 작가는 주로 문예지를 통해서 데뷔하거든요. 일본에서 소위 5대 문예지라고 하면 〈군조〉, 〈신초〉, 〈문학계〉, 〈스바루〉, 〈문예〉 정도를 꼽을 수 있는데, 사실 이 잡지들의 신인상을 통해 등단한 작가들이라도 이후에 꾸준히 독자층을 모으며 활동하기란 굉장히 어려운 일이에요. 게다가 말로만 5대 문예지지, 독자층도 엄청나게 줄어들어서 사실상 별로 팔리지 않고 있는 상황이거든요. 헌데 아버지는 이들 문예지에서 데뷔한 것도 아니에요. 재작년에 폐간된 문예지로 등단했죠. 사실상 동인지에 가까운 문예지였어요. 그 후로 소설집을 두 권 발표하긴 했는데 변변한 문학상은커녕 제대로 된 비평문도 하나 없었어요. 무명작가에 가까웠다고 할 수 있죠."

마리아는 겐조의 이야기를 들으며 '사소설'이라든지 '순문학', '동인지'의 의미가 잘 와닿지 않았지만 따로 물어보지는 않았다. 테이블이 치워졌고, 남아 있는 조문객들 몇몇이 모여 앉아 조용히 이야기를 나누거나 홀로 조용히 앉아 있거나 했다. 마리아와 겐조는 한쪽 벽에 나란히 앉아 이야기를 이어 갔다.

"아버지는 왜 자살을 했을까요. 아버지가 작가로서의 자의식이 얼마나 있었는지는 모르겠지만 문득 그런 생각이 들었어요. 무명작가는 완벽하게 잊히지만 요절 작가는 드물게나마 살아남는다. 어쨌거나 요절 작가는 이름이 남아요. 작품이 좋고 나쁘고를 떠나서. 작품이 사람들에게 얼마나 읽혔느냐 읽히지 않았느냐를 떠나서. 혹은 문학상을 받았느냐 받지 않았느냐를 떠나서. 어쩌면 아버지는 그것 때문에 자살한 게 아닐까, 그런 생각을 했어요. 무명작가보다는 요절 작가의 이름이 남을 가능성이 더 크니까. 근데 어쩌면 제 망상일지도 몰라요. 올해 아버지의 나이가 마흔아홉이 잖아요. 마흔아홉 살에 사망해서는 요절이라고 보기 어려우니까."

그렇게 말하고 나서 히토미 겐조는 바지 주머니에서 스마트폰을 꺼내 무언가를 찾아보더니 마리아에게 보여 주었다. 마리아로서는 읽을 수 없는 글자가 잔뜩 적혀 있었다.

"이게 뭐예요?" 마리아가 물었다.

"최근에 검색해서 알게 된 내용이에요. 일본의 요절 작가들. 자살한 사람도 있고, 병으로 죽은 사람도 있어요." 겐조는 그렇게 말하고 나서 스마트폰을 보며 적혀 있는 글자를 읽기 시작했다. "마사오카 시키는 서른다섯에서 죽었어요. 기타무라 도코쿠는 스물여섯에 죽었고, 구니키다 돗포는 서른일곱에 죽었죠. 히구치 이치요는 스물넷에 죽었고, 오시카와 슌로는 서른여덟에 죽었고, 오스키 사카에 또한 같은 서른여덟에 죽었어요. 이시카와 다쿠보쿠는 스물여섯에 죽었고 아쿠타가와 류노스케는 서른다섯에 죽었고 미야자와 겐지는 서른일곱에 죽었고 시마다 세이지로는 서른하나에 죽었고 가지이 모토지로도 서른하나에 죽었고 가네코 미스즈는 스물여섯에 죽었고 고바야시 다키지는 스물아홉에 죽었고 나카하라 주야는 서른에 죽었고 나카지마 아쓰시는 서른셋에 죽었고 그 유명한 다자이 오사무는 서른여덟에 죽었어요. 여기까지가 메이지 시대, 그러니까 1912년 이전에 출생한 작가들이에요. 요절이라고 하긴 그렇지만 그래도 비교적 이른 나이에 죽은 작가들도 있는데 1920년대에 출생한 미시마 유키오가 마흔다섯에 죽었고, 1940년대에 출생한 나카가미 겐지가 마흔여섯에 죽었고, 1960년대에 출생한 슈노 마사유키가 마흔아홉에 죽었죠. 아버지와 같은 나이. 그리고 10년쯤 전에, 74년생 작가 이토 케이카쿠가 서른다섯이라는 젊은 나이로 죽었어요."

아버지와 어머니의 책장에서 본 적이 있기 때문에 마리아에게도 낯익은 이름이 몇 명쯤 있었지만, 사실 마리아는 겐조가 말하는 아버지의 자살 이유를 납득하기 어려웠고, 그래서 그 이후 겐조가 언급하는 작가들의 이름을 건성으로 듣고 있었다. 그러면서 속으로는, 죽고 나서 이름을 남기는 게 무슨 의미가 있어, 그것도 실명이 아니라 필명인데, 현재의 삶이 중요하지, 현재를 얼마나 충실하게 사느냐가 중요하잖아, 라고 따지고 싶었지만 굳이 입 밖으로 내지는 않았고, 그 대신 관 가까이에 홀로 앉아 있는 할머니 쪽으로 시선을 향했다. 마리아는 꼿꼿이 앉아 관을 향해 앉아 있는 작은 체구의 할머니를 바라보았다. 엄마 쪽의 할머니가 아니라 아빠 쪽의 할머니였다. 미국의 일본인 할머니가 아니라 일본의 일본인 할머니였다. 1년에 한두 번씩 보는 할머니가 아니라 초등학생 무렵 마지막으로 보고 10년 가까이 만난 적 없는 할머니였다. 일본어 발음이 남아 있는 영어를 사용하는 할머니가 아니라 자신이 잘 알아듣기 어려운 일본어를 하는 할머니였다.

마리아는 겐조의 말이 끝나자마자 이렇게 말했다.

"근데 할머니는 어디 분이세요? 발음이나 악센트가 많이 다르던데."

"아, 아버지 쪽 할머니요? 교토에서 지내고 계세요. 아버지 고향도 그쪽이었는데 도쿄에 있는 대학에 진학하면서 이쪽으로 이사하게 됐죠. 그러고 나서 미국으로 넘어가 대학원에 진학하셨고."

"교토는 어디에 있어요? 여기서 멀어요?" 마리아가 다시 한번 물었다.

그러자 히토미 겐조는 손에 들고 있던 스마트폰에서 구글맵을 켰다.

"여기가 지금 우리가 있는 도쿄 다마레이엔 지역이고, 여기 나고야 지나고 오사카 위쪽에 있는 도시, 여기가 교토예요. 도쿄역에서 신칸센 타면 두 시간 일이십 분 정도밖에 안 걸리는 거리예요."

겐조의 설명을 듣고 나서 마리아는 이렇게 생각했다. 맞아, 여기는 미국이 아니야. 열차로 두 시간 반도 안 걸려서 아버지의 고향에 갈 수 있어. 기껏 멀리 일본까지 왔는데, 언제 다시 이곳에 돌아올지 모르는데, 아버지가 태어나고 어린 시절을 보낸 곳에 가보는 것도 괜찮은 생각인 것 같아.

방금 전까지만 해도 혼자 앉아 있던 할머니 옆에 다른 할머니가 앉아 있었다. 겐조의 어머니 쪽 할머니였다. 두 분은 나란히 앉아 가만히 손을 잡고 있었다. 마리아는 그 모습을 바라보며, 할머니와 함께 교토에 가 보는 것도 괜찮을 것 같아, 라고 생각했다.

독서 모임에서 세 번째로 다룬 책은 조르주 페렉의『임금 인상을 요청하기 위해 과장에게 접근하는 기술과 방법』이었다. 캐런 바우어가 인스타그램에 홍보했음에도 불구하고, 서점 안에 모인 사람은 고정 멤버인 레오, 올리비아, 캐런, 필립이 전부였다. 이 소설을 고른 캐런 바우어가 소설과 작가에 대해 간단히 설명했다. 조르주 페렉은 20세기에 활동한 프랑스 작가야. 페렉은 울리포라는 문학 집단의 멤버로 유명한데, 여기서 울리포란, 잠재 문학 실험실이라는 뜻의 프랑스어에서 따온 말이지. 글쓰기에 수학 공식을 대입한다거나 일정한 제약을 가해서 실험적인 글쓰기를 시도했는데, 예컨대 알파벳 모음 'e'가 없는 단어로만 글을 쓴다든지, 형용사를 명사로 바꾸거나 명사를 형용사로 바꿔서 쓴다든지, 어떤 텍스트에 나오는 명사, 예를 들면 '실험실'이라는 명사를 종이 사전에서 찾아 이 단어의 일곱 번째 뒤에 나오는 명사와 바꿔서 쓰는 등 다양한 방법을 시도했어. 본격적으로 글을 낭독하기 전에, 잠시 내가 나눠 준 프린트를 각자 읽어 보도록 합시다. 이 글은 우리가 같이 낭독할『임금 인상을 요청하기 위해 과장에게 접근하는 기술과 방법』의 제약을 차용해서, 그러니까 문장 마지막의 마침표 외에는 구두점 하나 없이 단 한 문장으로만 쓴 글이야.

현재 울리포의 구성원은 죽은 사람까지 포함해서 총 **41명**이 있는데 우선 울리포의 첫 번째 대표이자 잠재 문학에 대한 세 편의 선언문을 쓴 **프랑수아 르 리오네**[1]가 있고 1960년 과학 기술 계산용 프로그래밍 언어로『알골 언어 시』를 발표한 두 번째 대표 **노엘 아르노**[2]가 있고『잠재 문학을 위한 열쇠』를 쓴 세 번째 대표 **폴 푸르넬**[3]이 있으며 그 자리를 이어받은 **마르셀 베나부**[4]는『왜 나는 내 책을 하나도 쓰지 않았는가』라는 책을 펴냈고 또한「울리포란 무엇인가」라는 제목의 글을 썼는데 이 글을 함께 쓴 또 다른 울리포 구성원 **자크 루보**[5]는「어제 여행」이라는 작품을 썼고 사실 이 작품은 또 다른 울리포 멤버이자 우리가 지금 다루고 있는 작가 **조르주 페렉**[6]의 단편「겨울 여행」을 이어받아서 쓴 것이고 그가 쓴 40여 편의 소설 중 가상의 공간인 파리 17구 시몽크뤼벨리에 거리의 아파트 내 공간들과 그곳에 사는 인물들의 이야기를 체스의 행마법에 따라 정교히 조합해 나가며 거대한 퍼즐을 구상한 작품『인생 사용법』은 이 책이 출간되기 2년 전에 세상을 떠난 또 다른 울리포 구성원 **레몽 크노**[7]에게 헌정됐는데 그는 바흐의 푸가에서 힌트를 얻어 긴 목을 가진 한 청년을 하루에 두 번 버스와 광장에서 우연히 마주치는 이야기를 99가지로 변주해 낸『문체 연습』이라는 책을 선보였고 또한 14행 소네트 10편으로 시 10의 14승 편을 만들어 낼 수 있도록 각 행을 찢은 책 『백조(百兆) 편의 시』를 썼는데 이 책은 울리포 작업을 가장 잘 보여 주는 예가 됐으며 동시에 울리포의 상징적인 존재가 되었고 또 다른 울리포 멤버로 레디메이드의 발명자이자 전방위적 화가 겸 조각가 겸 시인이자 울리포의 아이디어에 매료돼 말장난을 만드는 데 여생을 바친 **마르셀 뒤샹**(8)을 들 수 있고 더불어 『울리포 전서』를 편집한 미국인 **해리 매튜스**(9)를 들 수 있는데 그는 프랑스인 페렉과 서로의 작품을 각자의 언어로 번역하며 우정을 나눈 것으로 잘 알려져 있고 또 다른 울리포 멤버로 역시 페렉의 친구이면서 크노의 친구인 동시에 크노의 작품을 이탈리아로 번역한 **이탈로 칼비노**(10)를 들 수 있는데 그는 우리가 몇 달 전 '슬립스트림 장르'를 테마로 진행한 모임에서 다룬 『어느 겨울밤 한 여행자가』를 비롯한 다양한 소설을 썼고 크노와 함께 갈리마르 플레이아드 총서를 편집한 또 다른 울리포 구성원 **자크 방**(11)은 리오네가 주창한 탐정 소설의 잠재성을 연구하는 모임에 창단 멤버로 참여하기도 했으며 그와 함께 여러 작품을 쓴 또 다른 울리포 구성원 **폴 브라포르**(12)는 컴퓨터 과학자로서 컴퓨터에 경도된 울리포 연구 조사 모임을 만들기도 했고 그래프와 하이퍼그래프 이론과 위상기하학과 조합론의 전문가인 또 다른 울리포 구성원 **클로드 베르주**(13)는 문학과 수학의 접점을 찾아 나가는 데 꾸준히 관심을 가졌고 울리포의 제약 중 어떤 텍스트에 나오는 명사들을 사전에서 찾아낸 후 그다음 일곱 번째 명사로 바꿔 쓰는 대표적 제약 '명사+7'을 만들어 낸 **장 레스퀴르**[14]와 이 제약을 적용해 「울리포」라는 시를 쓴 **장 쿼발**[15] 역시 울리포 구성원이었고 한편 해외 통신원 신분으로 울리포 구성원이 된 **스탠리 채프먼**[16]은 루이스 캐럴 소사이어티의 주요 멤버로도 활약했는데 소설가이자 수학자이자 논리학자였던 캐럴은 일찍이 리오네가 울리포적 작가로 손꼽은 인물이기도 했는데 사실 루이스 캐럴이라는 이름은 찰스 루트위지 도지슨(Charles Lutwidge Dodgson)에서 성을 뺀 이름을 라틴어로 쓴 'Carolus Ludovicus'를 다시 뒤집어서 만들어 낸 필명이고 이렇게 필명을 쓴 울리포 구성원으로 우선 **라티스**[17]라는 필명이 대표적이지만 그 외에도 여러 필명을 사용한 엠마뉘엘 페이에가 있고 또한 **뤼크 에티엔느**[18]라는 필명을 쓴 뤼크 페렝이 있는데 그는 은어와 회문(回文)과 말놀이와 운이 정해진 시 작품과 한 단어를 여러 음절로 나눈 후 그에 해당하는 문제를 내고 그 답을 맞춰 다시 전체 단어를 헤아리는 문자 수수께끼 등에서 탁월함을 드러냈기에 페렉이 '프랑스 언어 실험의 천재'라고 일컫기도 했고 또한 **자크 뒤샤토**[19]는 장프랑수아 레오나르라는 필명으로 프랑스 혁명사를 모델로 전시(戰時)에 중등학교에서의 삶이 어떠했는지를 그린 『지하도』라는 작품을 발표했지만 수많은 제약을 사용한 계산적인 소설 『여덟 번째 쟁가』는 본명으로 발표했는데 한편 울리포 구성원으로 선출됐지만 적극적으로 활동하지 않은 사람으로 **로스 샹베르**[20]를 꼽을 수 있고 그와 반대로 울리포의 핵심 멤버라고 할 수 있는 **알베르마리 슈미트**[21]는 울리포의 예상 표절 연구에 지대한 도움을 주었고 울리포 구성원들이 실험 문학의 역사 기반을 닦는 데도 크게 영향을 미쳤으며 또 다른 울리포의 핵심 멤버이자 45년 동안 베르비에 시립 도서관에서 사서로 근무한 **앙드레 블라비에**[22]는 크노에게 문학 구조에 의문을 제기하는 데 경도된 모임을 만들어 보자고 제안했고 또한 크노가 죽은 뒤 자신이 근무하는 도서관에 레몽 크노 자료 보관 센터를 꾸렸으며 또 다른 울리포 구성원인 **미셸 메타이유**[23]는 '소리 시'의 창안자로서 자신이 쓴 글은 구두(口頭)로만 발표했기에 출간된 책은 적은 편인데 여기까지는 1981년에 출간된 『잠재 문학 지형도』에 공개된 울리포 구성원 23명에 대한 소개이고 현재 울리포 공식 웹 사이트에는 총 41명의 작가가 울리포 구성원으로 등재되어 있는데 그 대부분의 소개 내용을 작성한 새로운 울리포 구성원 **에르베 르 텔리에**[24]는 『울리포 미학론』이라는 책을 펴냈고 그 외에 새로운 울리포 구성원으로 언어와 신화를 탐구하는 글을 쓰며 『울리포 도서관』 분책을 유통하고 있는 **올리비에 살롱**[25]이 있고 시인인 동시에 페렉과 루셀의 번역가로 알려진 **이언 몽크**[26]가 있으며 1984년생으로 현재 구성원 중 가장 젊은 **다니엘 레빈 베커**[27]는 잠재 문학에 관한 책 『여러 미묘한 통로』를 썼고 메디치상을 수상하기도 한 **안느 가레타**[28]는 프루스트의 『잃어버린 시간을 찾아서』속 등장인물들을 암살하는 연쇄살인범을 다룬『부패』
라는 작품을 썼고 텍스트와 이미지를 연동하는 글쓰기 형태에 대
해 실험하는 **발레리 보두앵**[29]은 울리포의 홈페이지와 재정을 담
당하고 있고 수학자로서 여러 대학에서 일하고 있는 **미셸 오댕**[30]
은 수학과 역사를 기반으로 하는 혼성모방 작품을 발표했고 그 외
에도 단어나 문장의 철자를 해체한 후 달리 재조립하는 애너그램
에 능한 **미셸 그랑고**[31]나 언어학자이자 프랑스어 연구실험 국제
협회장인 **베르나르 세르퀴글리니**[32]나 지하철에서 시를 쓸 때 적
용할 만한 규칙을 창안해 "지하철 시"를 완성한 **자크 주에**[33]나 몽
크와 함께 두 가지 언어로 쓴 시집『N/S』를 펴낸 **프레데리크 포르
트**[34]나『애너그램 시』라는 시집을 쓴 **오스카르 파스티오르**[35]가
새로운 울리포 구성원에 이름을 올렸고 또한 온갖 의문문을 모은
「치즈 아니면 다른 디저트?」라는 글을 썼고 만화에 대한 관심으
로 결성된 모임 잠재 만화 작업실에 참여하기도 한 **프랑수아 카라
데크**[36]와 잠재 만화 작업실 구성원이자 형식적 제약 아래 만화를
그렸고 페렉에 대한 글을 쓴 후 글자들이 페렉의 옆모습을 형성하
도록 나열한 작품 〈조르주 페렉의 음각 초상화〉를 제작하기도 한
에티엔 레크로아르[37]와 수학자이자 그래프와 미로 이론 전문가
로 미로에 관한 다수의 책을 쓴 **피에르 로젠스틸**[38] 역시 새로운
울리포 구성원이 되었고 2014년에는 울리포 문학에 대한 박사 논
문을 쓰기도 한 **파블로 마르틴 산체스**[39]와 소설가이자 번역가이

면서 문화기자로도 활약하고 있는 **에두아르도 베르티**[(40)]가 울리포 구성원으로 선출되었고 아홉 살 때 갈리마르 출판사에서 주최한 글쓰기 대회에서 수상하며 어렸을 때부터 문학에 재능을 보인 **클레망틴 멜루아**[(41)]가 가장 최근인 2017년 울리포 구성원으로 선출되었는데 이렇게 1960년부터 2019년 현재까지 여전히 활동 중인 울리포는 선출 방식으로 작가들을 택하고 있으며 아직 마흔두 번째 구성원은 공석으로 남아 있다.

마리아 히토미는 계속해서 이렇게 쓰고 있었다.

오쓰야 다음날이 실질적인 장례식이었어. 전날 왔던 사람들 중 일부가 참여했고, 전날보다 좀 더 화려하게 차려입은 스님이 아빠를 위해 불경을 암송했지. 그러고 나서 마지막으로, 관에 누워 있는 아빠에게 사람들이 돌아가면서 꽃을 넣거나 인사를 했어. 그리고 화장터로 갔지. 사실 시간이 어떻게 흘러갔는지 모르겠어. 낯설기만 한 일본에서, 더욱 낯설게 다가온 일본의 장례 문화. 이상한 일이라고 생각했어. 미국에서 태어나 미국인으로 자란 내가, 정작 처음으로 누군가의 죽음과 대면하는 건 미국이 아닌 다른 나라라는 사실이. 아는 사람은커녕 말 붙일 사람도 거의 없는 곳에서 아버지의 죽음을 맞이한다는 사실이. 그때까지도 난 아빠의 죽음을 실감하지 못하고 있었던 것 같아. 그건 어쩌면 아빠가 자살한 이유를 알 수 없었기 때문인지도 모르겠어. 겐조의 말처럼 요절 작가로 이름을 남기기 위해 죽음을 선택한 걸까. 늦은 나이에 데뷔했지만 그 이후 별다른 주목도 받지 못했기에 결국 작가로서 실패했다고 판단해서? 화장이 끝난 후 아빠의 유골함을 집으로 가져왔어. 집에다 제단을 만들어 49일 동안 유골함을 안치하려고. 그러고 나서 유골함을 묘지로 가져간다는 설명을 들었어. 그때까지 난 망설이고 있었어. 할머니를 따라 교토에 갈 것인가. 아니면 그냥 미국으로 돌아갈 것인가. 하지만 할머니는 장례식을 치르며 부쩍 가까워진 겐조의 엄마 쪽 할머니의 권유로 당분간 도쿄에 더 머물 예정이었기에 할머니를 따라 교토에 간다는 계획은 금세 흐지부지되고 말았어. 그렇다고 곧바로 미국으로 돌아가는 것도 마뜩잖았는데, 무엇보다 아버지의 죽음과 관련해서 내가 납득할 수 있는 이유를 찾고 싶었기 때문이야. 다른 곳이 아닌 바로 이곳, 일본에서. 이곳이 아니라면 찾을 수 없을 것 같은 확신이 들었기 때문에. 사실 오쓰야 때, 겐조가 말해 준 일본의 요절 작가에 대한 이야기를 듣고 나서, 문득 궁금한 마음이 들어, 겐조가 자리를 비운 틈을 타 미국이나 아니면 서양 쪽의 요절한 작가들에 대해 검색해 봤어. 마흔 살에 죽은 에드거 앨런 포가 제일 먼저 나오더라. 그다음으로 눈에 띈 작가 프란츠 카프카 역시 마흔 살에 죽었고. 죽은 이유는 각기 달랐지만 이른 나이에 죽은 작가들은 숱하게 많았어. 나이순으로 내려가 볼까. 서른아홉에 죽은 작가로 블레즈 파스칼과 플래너리 오코너가 있어. 서른여덟에 죽은 작가로는 가르시아 로르카와 기욤 아폴리네르와 샬럿 브론테가 있지. 서른일곱에 죽은 작가로는 너새네이얼 웨스트와 아르튀르 랭보가 있고, 서른여섯에 죽은 작가로 조지 고든 바이런이 있어. 서른넷에 죽은 작가로 캐서린 맨스필드와 하인리히 폰 클라이스트, 서른하나에 죽은 작가로 하트 크레인을 들 수 있어. 에밀리 브론테는 서른에 죽었고 크리스토퍼 말로는 스물아홉에 죽었고 스티븐 크레인은 스물여덟에 죽었어. 게오르크 트라클은 스물일곱에 죽었고 존 키츠는 스물다섯에 죽었고, 게오르크 뷔히너는 스물셋에 죽었어. 그렇게 한참 동안 아이폰으로 요절한 작가를 찾아 헤매고 있는데, 어느 순간 뭔가 이상하다는 느낌이 드는 거야. 겐조의 말에 따르면 요절했다는 사실 자체가, 이른 나이에 죽었다는 사실 자체가 그 작가의 사후 명성에 영향을 끼치는 거였는데, 내가 검색한 작가들은 죽은 나이와 상관없이 훌륭한 작품을 남긴 작가들이었으니까. 이들은 요절했기 때문에 이름이 남은 게 아니라, 좋은 작품을 썼기 때문에 죽어서도 살아 있는 작가들이었어.

이튿날, 며칠이나 더 도쿄에 머물러야 할지, 아니면 당장이라도 교토로 떠날 준비를 해야 할지 도무지 결단을 내릴 수 없는 채로, 마리아는 겐조와 함께 다마강 강변 산책로를 걷기 시작했다. 아직 여름의 열기가 잘 느껴지지 않는 초여름의 오전. 한동안 말없이 걷던 중 이번에도 역시 히토미 겐조가 먼저 입을 뗐다. 혹시 좋아하는 연예인 있어요? 아니면 가수나 배우. 작가나 영화감독도 좋고요. 마리아는 슬쩍 겐조를 바라봤지만 곧바로 시선을 정면으로 향했다. 마리아의 머릿속에 당장 떠오르는 인물은 없었다. 겐조가 계속해서 말을 이었다. 그냥 적당히 좋아하는 사람 말고, 그 사람이 나온 프로그램은 다 찾아본다거나, 음반을 다 사서 듣는다거나, 집필한 작품은 다 읽어 본다거나 할 정도로 좋아하는 사람. 그러고 나서 마리아의 대답을 기다렸는지 잠시 텀을 둔 겐조가 얼마 후 이런 말을 했다. 그런 사람의 사망 소식을 들었을 때 기분이랑 비슷했던 것 같아요. 아버지가 돌아가셨다는 얘기 들었을 때 제 기분이. 어떤 기분이었는지 알겠어요? 아마 누나는 다른 감정이었겠죠. 마리아는 겐조가 하는 말을 들으며 자신이 아버지의 사망 소식을 접했을 때 기분이 어땠는지 곱씹어 보았다. 하지만 그때 기분은 잘 떠오르지 않았고, 대신 아무것도 들리지 않는 공간 속에 떨어진 것 같은 느낌이 들었다. 그와 동시에 눈앞의 모든 것이 흐릿해지더니 점점 아무것도 보이지 않게 되었다. 여기가 어디지? 난 지금 뭘 하고 있지? 왜 아무것도 보이지도 들리지도 않는 거야. 바닥이 흐물흐물해지면서 마리아의 몸이 바닥 안으로 가라앉고 있었다. 마리아는 있는 힘껏 고함을 질러 보았지만 입 밖으로는 아무 소리도 나오지 않았다. 여기서 죽을 순 없어! 여기서 죽고 싶지 않아!

잠시 후, 누나? 괜찮아요? 라는 소리가 들려 마리아는 정신을 차릴 수 있었다. 겐조가 가방에서 휴지를 꺼내 건넸고, 마리아는 볼을 타고 흐르는 눈물을 닦았다. 미안해요, 제가 괜한 이야기를 꺼내서. 겐조가 말했다. 마리아는 천천히 고개를 주억거리다가 다시 고개를 좌우로 저었다.

둘은 잠시 벤치에 앉기로 했다. 마리아는 오른쪽에서 왼쪽으로 천천히 흘러가는 다마강을 바라보았다. 제방 산책로 위로 걷거나 달리거나 자전거를 탄 사람들이 이따금 지나갔다. 햇살이 비치기는 했지만 구름이 많은 편이라 맑은 느낌은 들지 않았다. 반면 흐릿했던 마리아의 머릿속은 점점 선명해졌다. 방금 자신이 왜 그런 끔찍한 상황에 빠졌는지 알 것 같기도 했다. 마리아는 독백하듯, 너는 아버지에 대해 잘못 알고 있어, 라고 말했다. 겐조는 그때까지 줄곧 존댓말을 하던 마리아가 다짜고짜 반말로 말했기에 조금 놀라워하며 마리아 쪽으로 고개를 돌렸다.

"잘못 알고 있다니, 그게 무슨 말이에요?"

하지만 마리아는 겐조의 질문에 대답하지 않은 채 주머니에서 아이폰을 꺼내 메모 앱을 활성화했다.

"지난번에 네가 요절한 작가에 대해 말한 적 있지? 요절했기 때문에 이름이 남는 거라고. 근데 재밌는 얘기 하나 해 줄까? 요절한 작가가 이름을 남겼다면, 그건 그 작가가 요절했기 때문이 아니라 좋은 작품을 썼기 때문이야. 재미와 감동을 주는 작품, 아니면 깨달음을 주는 작품을 남겼기 때문이야. 아버지는 20년 넘게, 아니 30년 가까이 문학을 공부했던 사람이야. 근데 설마 이런 사실을 몰랐을까? 고작 자기가 쓴 작품이 별다른 성과를 못 냈다는 이유로 자살했다고? 더 나이 들기 전에 죽어서 이름을 남기려고 했다고? 고작 그런 이유로? 사후 명성 따위 사실상 신기루나 마찬가지야. 결국엔 다 사라지니까. 게다가 정작 작가 본인은 결코 맛볼 수 없는 과실이야. 넌 완전히 잘못 알고 있어. 아버지에 대해서도. 그리고 문학에 대해서도. 다니엘 디포라고 알지? 아니, 작가 이름은 모르더라도 '로빈슨 크루소'라는 이름은 알 거야. 배가 난파되는 바람에 혼자 무인도에서 수백 일 동안 지내야만 했던 인물. 다니엘 디포가 그 인물의 이야기를 몇 살에 썼는지 알아? 쉰아홉 살이야, 쉰아홉 살.『걸리버 여행기』도 들어 본 적 있을 거야. 걸리버라는 인물이 거인국에도 갔다가 소인국에도 갔다가 한 이야기를 풍자적으로 풀어낸 소설. 조너선 스위프트가 이 작품을 쓴 건 몇 살 때일까? 스물셋? 서른셋? 아니. 쉰셋이야. 이뿐만이 아니지.『적과 흑』으로 유명한 스탕달은 쉰둘에 이 작품을 썼고, 무엇보다 세르반테스의『돈키호테』를 빼놓을 수 없겠지. 세르반테스는 스물네 살 때 해전에 참전했다가 왼손이 평생 불구가 되는 사고를 당해. 그러고 나서 해적에 잡히기도 하고. 그 후 변변한 직업도 없이 지내다 서른여덟이 되어서야 소설을 쓰기 시작하지. 서른여덟이면 비교적 젊은 나이처럼 보일 수도 있겠지. 근데 아니야. 팔리지 않아서 2년 만에 포기하거든. 그러고 나서 다시 취업을 해보지만 말썽이 생겨서 쫓겨나고, 다시 사업을 시작하려 하지만 실패하고, 감옥에 투옥되기도 하고, 완전히 엉망진창의 인생을 살았어. 그러다가 마침내 쉰여덟 살 때 출판한 책이 바로『돈키호테』야. 쉰여덟 살이라고! 쉰여덟 살이 돼서 최소 400년이 넘게 읽힐 작품을 쓴 거라고!"

마지막에 이르러 마리아는 거의 소리를 지르듯 말했고, 마리아의 볼을 타고 흐르는 눈물을 보며 겐조는 다시 한번 휴지를 건네야만 했다. 마리아는 겐조에게 건네받은 휴지로 눈물을 닦았고, 크게 숨을 들이켰다가 내쉬었다.

"나도 아버지에 대해서 잘 몰라. 내가 아는 아버지는 내가 열다섯 살 때까지의 아버지니까. 그 이후로 가끔 연락을 주고받긴 했지만, 정말 가끔이었고, 최근 2년 동안은 전혀 소식을 알지 못했어."

"저도 마찬가지예요. 알고 지낸 지는 4년쯤 됐지만, 어머니와 결혼하고 나서 실제로 같이 산 기간은 1년 정도밖에 안 됐으니까. 최근 1년은 제가 집에서 나와 학교 근처에서 자취를 했기 때문에 가끔씩밖에 만나지 못했고. 저는 애초에 아버지가 없었기 때문에 아버지라는 존재에 대한 감각이 없었어요. 그저 막연한 대상이었죠. 그러다가 새로운 아버지가 생긴다고 했을 때 기대가 컸어요. 소설을 쓴다는 얘기를 들었을 땐 더욱 기뻤죠. 저도 소설 읽는 걸 좋아하는 사람이니까. 대화가 통하는 사람이겠다. 좋은 사이가 될 것 같다. 하지만 아니었어요. 우리는 어쩌면 서로를 어떤 식으로 대해야 할지 몰랐던 건지도 몰라요. 아버지도 아들이라는 존재를 가져 본 적이 없고, 저 역시 아버지라는 존재를 가져 본 적이 없었으니까. 결국 저는 아버지가 쓴 소설을 읽으며 아버지에 대해 알아내는 수밖에 없었어요. 환상적인 내용이 담겨 있긴 하지만 사소설적인 요소가 많은 소설이었으니까. 네 편의 중편 소설 모두 행복했던 시절에 대해 쓰고 있어요. 교토에서, 도쿄에서, 그리고 미국에서. 힘든 일을 겪기도 했지만 결과적으로는 행복했던 시절의 이야기. 여러 번 읽었어요. 못해도 열 번 이상은 읽었을 거예요. 근데 읽으면 읽을수록 아버지가 정말 하고 싶은 얘기는 소설에 없다는 생각이 들더라고요. 핵심적인 내용은 감춘 채 그 주변의 이야기만 하고 있다는 느낌. 물론 제 개인적인 감상이긴 하지만. 근데 누나는 혹시 알고 있어요? 아버지가 왜 이혼했는지? 부부 사이의 일은 부부만이 안다고는 하지만. 주변 사람들은 도저히 이해할 수 없는 무언가가 있다고는 하지만. 저는 아버지와 알고 지내면서, 아버지의 소설을 읽으면서, 그게 제일 궁금했어요. 아버지가 이혼한 이유는 무엇일까."

캐런 바우언은 계속해서 설명했다. 앞서도 말했듯, 『임금 인상을 요청하기 위해 과장에게 접근하는 기술과 방법』은 한 문장으로 된 작품이야. 중간에 쉼표 하나 없이, 문장 부호라고는 제일 마지막에 있는 마침표가 전부. 내용은 제목 그대로, 임금 인상을 요청하기 위해 과장에게 접근하는 기술과 방법이야. 페렉은 실제로 순서도를 작성해서 그 순서도에 따라 소설을 집필했다고 해. 페렉의 대표 작품으로 앞서 울리포 구성원들을 소개할 때 언급한 『인생 사용법』을 들 수 있을 텐데, 그 작품에는 페렉이 좋아하거나 즐겨 읽은 많은 작가의 작품이 페렉 스타일로 변주돼서 삽입되어 있어. 어떻게 보면 모방이라 볼 수 있겠지만, 다르게 보면 오마주라고 할 수도 있겠지. 재밌는 건『인생 사용법』에는 이 책『임금 인상을 요청하기 위해 과장에게 접근하는 기술과 방법』또한 약간 변형된 형태로 들어갔다는 점이야.

필립 로커웨이는 캐런 바우어의 마지막 말을 듣고『666, 페스트리카』에서 읽은 구절이 떠올랐고, 캐런의 설명이 끝나자마자 자신의 생각을 이야기했다.

"설명 잘 들었어, 캐런. 잠깐 다른 이야기인데, 아직 세 편밖에 접해 보지 않았지만『자화상』이나『나는 기억한다』나『임금 인상을 요청하기 위해 과장에게 접근하는 기술과 방법』같은 중편 소설의 실험성에 대해서는 어느 정도 이해할 수 있을 것 같아. 하지만 이 작품들은 결국 위대한 작가들의 소품이잖아. 바로 어제 읽은『666, 페스트리카』에서 본 구절인데, 요즘은 소설을 좋아하는 사람들조차 위대한 작가가 쓴 압도적인 대작보다는, 완벽한 소품을 선호한다는 구절이 있었거든. 위대한 스승들이 상처 입고 피 흘리며 무언가와 맞서 싸우는 데는 관심이 없고 깔끔한 연습 경기만 보고 싶어 한다, 뭐 그런 내용이었어. 그렇다면 우리가 독서 모임에서 읽어야 할 소설 역시 이런 작가들의 대작, 거대한 만큼 불완전하기는 하지만 언제든 우리를 미로 속으로 이끌어 줄 수 있는 작품이 돼야 하지 않을까?"

올리비아와 캐런과 레오는 서로의 얼굴을 갈마보다가 동시에 필립을 바라봤다가 다시 서로의 얼굴을 번갈아 보았다. 필립은 그들이 왜 아무 말도 하지 않은 채 자신의 얼굴과 서로의 얼굴을 바라보는지 알 수 없었는데, 잠시 후 올리비아의 입에서 튀어나온 말을 듣고 더욱 영문을 알 수 없게 되었다. 대단해. 분명 올리비아의 입에서 나온 말이었다. 그 말에 뒤이어 거의 곧바로 캐런의 입에서도 대단해, 라는 말이 나왔고, 그와 거의 동시에 레오의 입에서도 대단해, 라는 말이 나왔다. 필립은 도대체 뭐가 대단하다는 건지 알 수 없었고, 이 사람들이 작당하고 자신을 놀린다고 생각했기에 대단하다는 말의 의미가 무엇인지 당장 말해 보라는 눈으로 캐런과 레오와 올리비아를 차례로 쏘아보았다. 그 시선에 올리비아 후아레스가 입을 뗐다. 필립, 너 나랑 처음 만났던 날 기억해? 아니, 처음이 아니라, 내가 독서 모임 같이 하자고 말한 날. 풀턴 스트리트에 있는 서점에서. 그때 넌 분명히 이렇게 말했어. 독서 경험이 별로 없는데 모임에 참여해도 될지 모르겠다고. 기억나지? 필립은 벌써 한 달 반쯤 지난 과거의 일을 떠올려 보았고, 그것이 마치 1년 반쯤 전의 일처럼 아득하게 느껴져 자기도 모르게 슬며시 미소를 지었다. 그래, 기억나. 필립이 말했다. 근데 이것 봐, 올리비아가 말했다, 고작 몇 주 전에 독서 경험이 별로 없다고 말한 사람이 지금은 위대한 작가들의 걸작을 읽어야 한다고 말하고 있어. 중편 소설은 연습 경기 같은 거니까 작가의 피와 혼이 담긴 대작을 읽어야 한다고 말하고 있다고! 올리비아는 마지막에 이르러 거의 탄성을 내지르는 듯이 말했다. 하지만 필립은 그들이 대단하다고 말한 이유를 여전히 파악하지 못한 채, 그래, 우리 독서 모임의 테마를 실험적인 중편 소설 읽기에서 불완전한 대작 소설 읽기로 바꾸는 게 좋지 않을까 싶어, 라고 다시 한번 제안했다. 이 말에 레오 크로포드는 그건 문제가 좀 다르다고 단호하게 말했다.

"뭐가 달라?" 필립이 물었다.

"우리는 모두 돈을 벌기 위해 일하고 있고, 독서는 일하는 시간 외의 시간에만 가능해. 물론 나 같은 경우 펍에서 시간이 날 때 조금씩 읽을 때도 있지. 아마 캐런도 나와 비슷할 거야. 어쨌거나 그때 읽는 소설은 비교적 이야기성이 강하고 잘 읽히는 소설이지. 언제든 책을 덮고 손님맞이를 할 수 있으며 언제든 책을 다시 펼쳐서 이야기 속으로 몰입할 수 있는 소설. 그런데 우리가 읽는 중편 소설은, 분량 면으로는 중편 소설로 분류될지 모르지만, 사실 읽기 위해선 고도의 집중력이 필요하고 충분한 독서 시간이 필요해. 100페이지나 많아 봤자 150페이지 남짓에 불과한 분량이지만, 300페이지나 어쩌면 400페이지짜리 소설을 읽을 때와 비슷한 시간과 에너지가 필요하다고. 그렇다고 우리가 나머지 시간에 그 책만 읽느냐? 아니지. 기본적으로 밥도 먹지. 잠도 자야 하고. 그밖에 뉴스를 보거나 야구를 보거나 영화나 드라마를 보는 시간도 필요해. 읽고 싶은 다른 책도 읽어야 하고, 친구를 만나거나 애인과 데이트하는 시간도 필요하지. 무슨 말인지 알겠어? 그런 대작 소설을 함께 읽기에 1주라는 시간은 터무니없이 짧다는 말이야.

예전처럼 다시 2주로 바꾼다고 해도 마찬가지야. 꽤 빠듯한 시간이지. 지금으로선 매주 한 번씩 독서 모임을 하기에 이 정도 분량의 작품이 딱 좋은 것 같아. 낭독의 묘미도 살릴 수 있고. 끝까지 읽어야 한다는 부담감도 덜하고. 물론 대작 소설을 읽고 나면 하고 싶은 말이 훨씬 많을 거야. 궁금한 점도 많을 테고. 하지만 그걸 소화하기 위해선 최소한 한 달, 아니 넉넉히 잡아 두 달 정도의 시간이 필요하다고. 그리고 두 달에 한 번씩 하는 독서 모임은 제대로 운영되기가 힘들어."

레오 크로포드의 말이 끝나자 이번에는 올리비아 후아레스가 말을 보탰다.

"그리고 페렉의 경우는 필립이 한 말이 맞아. 위대한 작가가 쓴 연습 경기. 결코 대작이라고 볼 수 없어. 하지만 지지난 주에 읽은 『자화상』, 그리고 지난주에 읽은 『나는 기억한다』 같은 경우는, 대작까지는 아니더라도 각각 르베와 조의 대표작이라고 할 수 있어. 어떤 작가의 대표작이 꼭 대작이라는 법은 없으니까. 그러니까 내가 하고 싶은 말은, 대작은 대작대로 훌륭하지만, 중편 소설도 충분히 그만큼 훌륭하다 이거야. 굳이 분량으로 소설을 판가름할 필요는 없지 않나 싶어."

필립은 마리아너 융게가 소설 속에서 했던 말은 그런 의미가 아니었다고 반박하고 싶었지만 그러지 않았고, 바톤 터치를 하듯 올리비아에 이어 캐런이 하는 말을 계속해서 들었다.

"근데 정말 중요한 건 다른 것 같아. 두꺼운 소설을 고르면 더 이상 사람이 모이지 않는다는 사실. 얇은 소설을 해도 우리 네 명 외에 고작 한두 명 정도 더 오는 수준이니까. 심지어 오늘은 우리 말고는 아무도 안 왔어. 필립이 읽고 있는『666, 페스트리카』에도 나와 있듯이, 이제는 소설을 좋아하는 사람들조차 두꺼운 소설을 읽으려고 하지 않으니까. 대작을 읽는 일은 TV 드라마 시리즈를 정주행하는 것과는 완전히 다른 일이니까."

필립은 그날 저녁 책상 앞에 앉아 이렇게 생각했다. 그래, 나는 소설을 읽기 시작한 지 아직 두 달도 채 지나지 않았어. 이제 고작 두 달. 지금의 나에겐 위대한 작가들의 연습 경기를 꼼꼼히 챙겨 보는 것도 아주 중요한 일이야. 필립은 백팩에서 그날 모임에서 다룬『임금 인상을 요청하기 위해 과장에게 접근하는 기술과 방법』을 꺼내 들고 낭독 때 읽고 남은 부분을 읽기 시작했다. 그나저나 이 작품의 모방은 어떻게 해야 할까. 지난 두 편의 소설과는 스타일이 많이 달라. 이 작가가 한 것처럼 먼저 순서도를 그려야 할까. 그렇게 생각한 필립은 책상 위에 놓인 노트를 펼쳤다. 주제는 무엇으로 하면 될까. 매번 나는 여기서 막히는 것 같아. 내가 쓸 소설의 주제를 무엇으로 잡아야 하나. 나는 무엇을 써야 하나. 내가 쓰고 싶은 내용은 무엇인가. 그리고 나서 필립은 노트 위에 단어로도 볼 수 없고 그림으로도 볼 수 없는 무언가를 갈겨쓰기 시작했는데, 얼마 후 문득 머릿속에 "이것은 최후의 투쟁이니 각자 자신의 자리를 지키자 인터내셔널 노동자 계급은 인류가 될 것이다!"라는 노랫말이 떠올랐다. 그래, 이거야. 이걸로 글을 써 보자. 그러고 나서 노트 다음 페이지에 "〈인터내셔널가〉를 듣기 위해 앙리 브라운에게 접근하는 기술과 방법"이라고 썼다. 하지만 그후 시간이 한참 흘렀음에도 다음에 쓸 문장이 떠오르지 않았다. 어쩌면 내가 쓰고 싶은 내용이 아니기 때문인지도 몰라. 그래, 언제까지 모방만 하고 있을 수는 없어. 『666, 페스트리카』도 벌써 두번이나 읽었지만 아직 확실하게 소화한 느낌은 들지 않아. 한 번더 읽으면 어떤 소설을 쓸지 알 수 있을까. 그렇지만 지금 나에게 필요한 건 어떻게 쓰느냐가 아니라 무얼 쓰느냐 아닐까. 이런 식의 글쓰기 연습은 나에게 맞지 않는 건지도 몰라.

잠시 후 필립 로커웨이는 유튜브 사이트에 접속했고, 마이크 한이 새로 업로드한 영상을 클릭했다. 어느덧 다섯 번째 이어지는 시애틀 여행 영상이었는데, 이번 편에선 주로 그들이 레이니어산에서 캠핑하던 모습이 담겨 있었다. 필립은 내심 당시 마이크 한이 해 준 곰 이야기를 다시 들을 수도 있겠다고 생각했으나 그 이야기는 편집되었고, 그저 마이크 한이 가지고 온 라면을 먹는 장면이나 맥주를 마시며 수다를 떠는 모습이 나왔다. 필립은 당시 먹었던 음식이 그 어느 고급 레스토랑의 음식보다 맛있었다는 사실이 떠올랐다. 음식의 맛을 결정하는 것은 무엇일까. 음식 재료나 셰프의 요리 실력은 어쩌면 부차적인 문제일지도 몰라. 먹는 사람이 얼마나 허기져 있는가, 어디에서 먹고 있는가, 그리고 누구와 함께 먹는가에 따라 음식의 맛은 극단적으로 달라질 수 있어. 필립은 또한 영상 속 자신의 모습을 보며 자신의 사고방식이 이전과는 조금 달라졌다는 사실을 깨달았다. 예전에는 내가 아는 나와 마이크가 보여 주고자 하는 나 사이에 괴리가 있다고 느꼈어. 그러면서 동시에 저건 내가 하는 말이고, 내가 내는 목소리고, 내가 자주 하는 행동이라고 생각했어. 그 말은 결국 나라는 존재는 나 혼자만으로는 완성될 수 없다는 의미가 아닐까. 내가 인식하는 나의 모습과, 마리아가 인식하는 나의 모습, 드미트리나 그레이엄이 인식하는 나의 모습, 마이크가 인식하는 나의 모습이나 클라리사가 인식하는 나의 모습, 캐런이나 올리비아나 레오가 인식하는 나의 모습, 심지어 나를 괴롭히던 부점장 제임스 그리팔코니가 인식하는 나의 모습, 그 밖에도 나를 잠깐 만나거나 여전히 만나고 있는 여러 사람이 가지고 있는 나에 대한 인식들이 다 합해져서 온전히 나라는 존재가 완성되는 게 아닐까. 아니, 완성이란 말은 적합하지 않아. 나를 확장시켜 준다는 표현이 더 어울릴 것 같아. 수많은 사람의 인식들이 합해져서 나라는 존재는 좀 더 확장될 수 있어. 그러니 마이크의 영상을 보며 거부감을 가질 필요는 없지. 저건 분명 나의 모습이고, 결국 내가 인식하지 못한 나의 일부분일 테니까. 그리고 필립이 인식하지 못한 일부분으로서의 영상 속 필립이, "미국의 총기 문제는 심각한 것 같아."라는 말을 꺼냈다. 전반부까지만 하더라도 유쾌하고 시끌벅적하던 분위기가, 필립의 발언을 시작으로 진지하고 무겁게 바뀌었다. 기타 연주를 잠시 멈춘 클라리사 캠벨이 필립의 말을 이었다. "총기 소지를 허용하는 국가는 미국 외에도 많이 있어. 북아메리카에서는 미국뿐 아니라 캐나다와 멕시코도 허용 국가야. 중립국으로 알려진 스위스도 알고 보면 총기 소지 허용 국가이고. 그밖에 유럽 다수의 국가에서 총기 소지를 허용하고 있어. 하지만 미국은 총기 사고로 가장 악명 높은 나라지. 실제 민간인이 보유하고 있는 총기 수도 가장 많은데, 100명당 거의 90정 정도를 소지하고 있으니까. 사실상 거의 한 명당 한 정꼴이지. 물론 나는 없지만." 그 말에 필립 역시 "나도 없어."라고 말했다. 클라리사가 잠시 끊긴 이야기를 계속 이었다. "근데 재밌는 건 10만 명당 총에 의한 살인 사건 수야. 미국이 몇 위일 것 같아? 1위? 2위? 놀라운 사실인데, 미국은 10위권 안에 들지 않아. 미국은 고작 24위에 랭크되어 있어. 통계를 얼마나 신뢰할 수 있느냐가 문제이긴 하겠지만, 미국 내 총에 의한 살인 사건 수는 10만 명당 고작 세 명 정도에 불과해. 내가 왜 고작이라고 말했냐면, 1위가 무려 예순여덟 명에 이르거든. 2위부터 5위까지가 마흔 명에서 서른다섯 명 정도로 비슷비슷하고. 엄청나지? 미국의 스무 배가 넘는다니까. 10위권 국가의 대부분이 중남미에 몰려 있어. 아프리카 국가도 간혹 있고. 그런 나라

164

랑 비교하면 미국에서 총에 의한 살인 사건은 얼마 안 되는 것처럼 보여. 근데 어쩌다 미국은 총기 사고로 악명 높은 나라가 되었는가. 그래, 그건 말 그대로 '사건'이 아니라 '사고'야. 바로 무차별 난사 때문이지. 특정 범죄와 아무 관련 없는, 일반인을 대상으로 하는 무차별 난사 사고가 가장 많이 벌어지는 나라가 바로 미국이거든. 다른 나라는 명함도 못 내밀어. 올해만 해도 벌써 200건이 넘는 무차별 난사 사고가 일어났어. 다른 나라는 아무리 많아 봤자 두세 건 정도에 불과한데 말이지." 클라리사의 말을 마지막으로 영상은 곧바로 이튿날 아침 장면으로 이어졌다. 하지만 총기 사고 관련 이야기는 얼마간 더 이어졌어. 필립은 그렇게 생각하며 영상을 멈추었다. 그리고 마이크 한이 했던 이야기를 떠올렸다.

도대체 그런 사고는 왜 벌어지는 걸까. 마이크 한이 카메라 전원 버튼을 끄면서 말했다. 그 순간 정신이 나가 버리는 걸까. 뭔가에 씌지 않고 그런 일을 저지르는 게 가능할까. 악이란 뭘까. 악이란 건 그렇게 존재하는 걸까. 우발적으로, 충동적으로, 화가 난다고, 그냥 눈앞에 보이는, 특정 인물 한두 명이 아니라, 누군지도 모르는 수십 명을 향해 총기를 난사하는 게 도대체… 라고 잠시 말을 줄였다가 마이크 한은 계속해서 이야기를 이어 나갔다. 한국은 개인의 총기 소지가 금지된 나라지만, 과거에 아주 끔찍한 총기 사고가 있었어. 경찰관에 의해서 벌어진 일. 어렸을 때부터 성

격이 포악했다느니, 술만 마시면 난폭해진다느니 그런 얘기가 있지만, 어디까지 신뢰할 수 있는 내용인지는 모르겠어. 어쨌거나 그런 말들은 사건이 벌어진 후에 결과론적으로 취합된 내용일 테니까. 아무튼 이 살인마는 어느 시골 마을에서 경찰로 일하고 있었어. 그러던 어느 날 점심 무렵 땐가, 밤 근무를 대비해 집에서 낮잠을 자고 있었는데, 여자친구가 이 남자 몸에 붙은 파리를 잡으려고 손바닥으로 탁 쳤고, 그것 때문에 서로 말다툼을 하게 됐지. 이 살인마는 화를 식히지 못한 채 경찰서로 갔고, 저녁에 술에 취한 채 집으로 돌아왔어. 그리고 집에 있던 여자친구를 마구 폭행했지. 함께 집에 있던 여자친구의 친척 언니가 말리니까 이 남자는 그 언니도 때리기 시작했고, 그쯤 되니 소란스러워진 탓에 주변에 살던 사람들이 무슨 일인가 싶어 모여들었어. 사건 정황에 대해 알게 된 사람들이 여자친구 편을 들었고, 이 살인마는 그 상황이 너무 화가 나서 다시 집을 나갔어. 거기까지 말하고 나서 마이크 한은 잠시 호흡을 가다듬었다. 이야기가 잠시 멈춘 틈을 타 필립은 주변을 둘러보았다. 캠핑장이라고는 하지만 레이니어산 속에 있었기에 사위는 완전히 캄캄했고, 주변은 높은 나무들로 둘러싸여 있었다. 나무 사이로 슈우우우, 하고 바람이 드나드는 소리가 들렸다. 순간 필립의 머릿속에, 언제 어디에서 누가 나타나 총기를 난사할지도 몰라, 라는 생각이 들었고, 순식간에 이 공간이 지옥의 한가운데처럼 느껴졌다. 5월 말이라고는 하지만 뉴욕

보다 평균 기온이 3, 4도가량 낮았고, 고지대에서는 만년설을 볼 수 있는 곳이기도 한 만큼 쌀쌀한 날씨였다. 실제로 오후에 트래킹을 하는 동안 눈이 녹지 않은 지대를 몇 번이나 지나치기도 했다. 필립은 입고 있던 외투 지퍼를 쭈욱 끌어 올렸다. 사람들은 잠시 멈춘 이야기가 다시 이어지길 기다렸고, 마이크 한은 크게 숨을 내쉬더니 계속해서 이야기를 이어갔다.

마리아와 겐조는 집으로 돌아와 아버지가 사용하던 방으로 들어갔다. 겐조는 책장에서 아버지의 얇은 소설집 두 권을 꺼내 마리아에게 보여 주었다. 하지만 마리아는 책에 적힌 글자를 단 한 자도 읽을 수 없었고, 다만 책 겉표지를 살펴볼 수 있을 뿐이었다. 한 권의 겉표지에는 꽃잎과 나뭇잎을 근접 촬영한 이미지가 담겨 있었고, 다른 한 권에는 앞서와 반대로 꽃과 나뭇잎이 초점이 나간 채 찍힌 이미지가 겉표지를 장식하고 있었다. 겉표지의 이미지를 본 마리아는 책 제목은커녕 아버지의 이름조차 읽을 수 없었기에 책장을 후루룩 넘겨보고 나서 다시 겐조에게 책을 돌려줘야 했다. 말하고 듣기는 가능한데 읽는 건 못해. 진작 일본어 공부를 했어야 하는데. 아버지가 쓴 글을 눈앞에 두고도 읽을 수 없다니. 마리아가 말했다. 그 말에 겐조는 책장에 다시 책을 꽂아 넣으며, 나중에 제가 읽어 줄게요, 라고 말했다. 웃음을 머금은 목소리였다. 마리아는 겐조의 뒷모습을 빤히 바라보았다. 마리아의 눈에 겐조는 답답할 정도로 느리게 움직이고 있었다. 책을 꽂으려는 건지 빼내려는 건지 알 수 없을 만큼 느린 동작이었는데, 그 순간 마리아는 실제로 겐조가 느리게 움직이고 있는 건지 아니면 자신에게 착시 현상이 일어난 건지 알 수 없었다. 그리하여 방금 자신이 들은, 나중에 제가 읽어 줄게요, 라는 겐조의 말이 실제로 겐조가 한 말인지 아니면 헛것을 들은 건지 명확하게 파악할 수 없었다. 책을 제자리에 꽂은 겐조가 마리아 쪽으로 돌아보았다. 마리아는 자신이 겐조의 뒷모습을 바라보고 있었다는 사실을 감추기 위해 반대편 책장 쪽으로 빠르게 몸을 틀었다. 뒤에서 겐조의 목소리가 들렸다. 영어로 번역할 수 있으면 제일 좋겠지만, 전 영어 작문에 서투르거든요. 마리아는 그대로 책장 쪽을 보는 척하며, 그렇구나, 라고 말했다.

　마리아는 편지에 이렇게 쓰고 있었다.

　나 또한 아빠가 이혼한 이유를 정확하게는 몰라. 엄마한테 두어 번쯤 물어본 적이 있지만 그때마다 엄마는 말을 돌려서 대답을 회피했어. 아빠의 삶에서 이혼이라는 사건이 얼마나 큰 영향을 미쳤을까. 그 사건이 설마 아빠의 죽음과 직접적인 관련이 있는 걸까. 하지만 아빠는 재혼한 지 2년밖에 지나지 않아. 충분히 행복한 삶을 살고 있었을 것 같은데. 생각하면 생각할수록 내가 아빠에 대해 알고 있는 사실은 터무니없이 적은 것 같았어.

　아빠 방에 꽂힌 책들은 대부분 읽을 수 없는 글자들로 적혀 있었지만 이따금 영어로 된 책도 눈에 띄었어. 나는 그런 책들을 일일이 꺼내서 책 안을 꼼꼼히 훑어보았어. 마치 책 속에 아빠의 죽음과 관련된 내용이 담겨 있기라도 한 듯이. 살인 사건의 단서를 찾으려는 탐정이라도 된 것처럼. 내가 하는 행동을 보고 같은 생각을 했는지 겐조 또한 이 책 저 책 꺼내 들더라고. 그렇게 시간이 얼마나 지났을까. 삼십 분? 어쩌면 한 시간쯤 지났을지도 모르겠고. 겐조가 갑자기 이런 말을 했어. 우리가 바꿀 수 있는 건 과거뿐이다. 나는 겐조에게 물었어. 그게 무슨 말이야? 겐조가 이렇게 답했어. 밑줄 그어진 구절이에요. 우리가 바꿀 수 있는 건 과거뿐이다. 겐조는, 읽어 볼게요, 라고 말하더니 천천히 문장을 낭독했어. 사람들은 흔히 착각한다. 우리는 미래를 바꿀 수 있다고. 하지만 미래는 고정된 것이 아니고 끊임없이 움직이는 것이기에 애당초 바꿀 수 있다거나 바꿀 수 없다는 말이 성립되지 않는다. 우리가 바꿀 수 있는 건 이미 고정되어 있는 것, 그러니까 과거뿐이다. 우리는 오직 과거만을 바꿀 수 있다. 나는 겐조의 말을 끊고 이렇게 물었어. 과거를 바꿀 수 있다는 게 무슨 말이야? 그러자 겐조가, 여기 밑줄이 그어져 있는데 계속 읽어 볼게요, 라고 말하고 나서 끊어진 부분을 이어서 읽어 나갔어. 그렇다면 우리는 과거를 어떻게 바꿀 수 있는가. 어떻게 바꿔야 하는가. 타임머신을 개발해서 과거로 돌아가자는 말이 아니다. 지극히 현재의 이야기다. 바로 지금 이 순간의 이야기. 개인의 과거는 오직 개개인의 기억 속에만 존재한다. 그렇다. 우리는 오직 기억에 의존해 과거에 대해 생각한다. 과거를 해석한다. 그러므로 우리는 현재를 통해 과거를 바꿀 수 있는 것이다. 지금 현재 나의 생각과 행동을 통해서. 지금 내가 무엇을 하고 있느냐, 어떻게 살고 있느냐에 따라서. 지금 내 삶이 충분히 만족스럽다면 과거의 그 어떤 아픈 기억도 긍정적으로 해석될 수 있다. 하지만 그 반대라면, 과거의 좋았던 기억도 부정적으로 회상할 것이다. 우리의 기억은 쉽게 변한다. 기억이 변함에 따라 과거 역시 변한다. 우리가 현재를 얼마나 충실하게 사느냐에 따라서, 우리가 생각하는 과거는 언제든 바뀔 수 있다. 그러므로 우리는 미래의 삶이 아니라, 지금 현재의 삶에 좀 더 집중할 필요가 있다. 그것이 결국 과거를 바꾸는 일이고, 미래에도 직접적인 영향을 미치는 일일 것이다. 여기까지 밑줄이 그어져 있고, 그 옆에 이런 문장이 적혀 있어요. 나는 교토로 돌아가야 한다. 과거를 바꾸기 위해서. 거기까지 읽고 겐조는 입을 닫았어. 그게 끝이야? 내가 물었지. 네, 이게 전부. 아버지가 직접 밑줄 긋고 메모해 둔 것 같아요. 겐조가 답했어. 나는 겐조에게 다가가 책을 건네받았지만 일본어로 적힌 글자라 읽을 수 없었어. 대신 책이 출간된 시기를 확인해 보았지. 1992년. 내가 태어나기도 전에 나온 책이었어. 노랗게 색이 바랜 책. 92년에 출간된 책인데, 아빠가 이 책을 언제쯤 읽었을까? 이런 문장을 쓴 게 언제였을까? 나는 자문하듯이 말했어. 최근에 쓴 건 아닌 것 같아요. 겐조가 말했어. 나도 그런 것 같아. 아마 도쿄에서 대학을 다니면서 읽었을 거야. 그게 아니라면 미국으로 건너가 대학원 시절에 읽었거나. 문제는 왜 아빠가 교토로 돌아가려 했냐는 거지. 과거를 바꾸기 위해 왜 교토로 돌아가려고 했냐는 거야. 그러고 나서 나는 잠시 입을 다물었어. 그러자 내 말을 잇듯 겐조가 이렇게 말했어. 혹시 교토에 가면 아버지가 자살한 이유를 알 수 있을까요? 아니, 그것까지는 아니더라도, 아버지에 대해 조금은 더 알 수 있을지도 몰라요. 그 말을 들으니까 미로를 헤매는 것 같았던 내 머릿속에 약간의 빛이 보이는 것 같았어. 그게 미로의 출구에서 나오는 빛인지 아닌지는 확신할 수 없었지만, 어쨌거나 그쪽으로 다가가 보기로 했어. 나는 겐조에게 이렇게 말했지. 나랑 같이 교토에 가 보지 않을래? 그러자 겐조가 방긋 웃으면서 이렇게 말하더라고. 우아, 그렇지 않아도 저도 같은 생각 하고 있었어요! 누나랑 교토에 가 보면 좋을 것 같다고!

집을 나선 살인마는 어처구니없게도 다시 경찰서로 들어가 거기에 소속된 군인들이랑 술을 퍼마셨어. 마이크 한이 말했다. 그대로 계속 술이나 퍼마셨으면 어떻게 됐을까. 모를 일이야. 하지만 얼마 후에 여자친구의 남동생이 찾아와 경찰이면 사람을 패도 되느냐고 따졌고, 마침내 이 살인마에게 악마가 씌었지. 경찰서에 있던 카빈총을 장전해서 같이 술을 마시던 군인들을 먼저 쫓아냈고, 무기고에 보관되어 있던 다른 총이랑 수류탄을 챙겼어. 그러고 나서는 마을 이곳저곳을 다니며 무차별 살인을 저질렀어. 길을 가다가 눈에 띄는 사람들에게 총질을 해댔고, 시장에 가서도 마구잡이로 총을 쏴댔지. 불이 켜진 집에 쳐들어가서 총을 쏘기도 했고. 하여간 제정신이 아니었어. 그렇게 무자비하게 사람을 죽이다가 갑자기 정신이 돌아왔는지 어느 상갓집에 들어가서는 문상객들이랑 어울려서 술을 마셨어. 그렇게 술을 마시다가 다시 총을 난사해서 상갓집에 있던 사람들을 다 죽였고, 결국 그다음 날 새벽, 어느 집에 쳐들어가 수류탄을 터뜨려 자폭하고 난 뒤에야 광기의 무차별 살인은 끝날 수 있게 되었지. 하룻밤 사이에 60명이 넘는 사람이 사망했고 30명이 넘는 사람이 부상당했어. 작은 마을 하나가, 하룻밤 사이에 완전히… 마이크 한은 더 이상 말을 잇지 못한 채 입을 다물었다. 필립 로커웨이를 포함해 그곳에 있던 네 명 전부 말없이 마이크 한을 바라보았다. 마이크 한은 다시 한번 숨을 크게 들이마셨다가 내쉰 뒤 끊어진 이야기를 이었다. 경찰의 대응이 무능했다는 점도 사건을 키운 요인 중 하나라고 볼 수 있겠지. 조금만 더 신속하게 인원이 투입됐으면 무고한 사람들의 죽음을 조금이나마 줄일 수 있었을 테니. 근데 내가 하고 싶은 이야기는 그게 아니야. 얼마 전에 이 사건을 영화화한다는 소식을 들었어. 이미 2, 3년 전부터 나온 이야기라 지금은 어디까지 진행됐는지 모르겠어. 문제는 그 사건으로 인해 고통받고 있는 사람들이 여전히 존재한다는 점이지. 그러니까 내가 고민하는 부분은 이거야. 어떤 이야기를 기록으로 보존하고, 어떤 이야기를 기록에서 배제해야 하는 걸까. 이 이야기가 기록으로 남을 만한 가치가 있나. 영화화되기 좋은 소재이긴 하지만, 꼭 그런 식으로 극화해야 하나. 나는 아직 잘 모르겠어. 음, 역시 잘 모르겠어. 그래서 이 이야기를 하기 전에 카메라 전원을 껐어. 지금으로선 영상으로 남긴다고 한들 유튜브에 올릴 것 같진 않지만, 미래의 나는 또 모르지, 전체적인 흐름상 괜찮다고 판단해서 업로드 영상에 포함시킬 가능성도 있으니까. 그런 가능성을 사전에 예방하는 차원에서 꺼 버린 거야.

　필립은 마이크 한이 카메라를 끄고 했던 이야기를 생각하며, 지난달 마리아가 자신에게 물었던 질문을 떠올렸다. 이제는 아주 오래전의 일처럼, 혹은 지난밤의 꿈처럼 희미하게만 느껴지는 질문이었다. "갑자기 왜 소설이 쓰고 싶어졌어?" 당시 나는 그 질문에 대한 대답으로 마이크 한이 해 준 곰 이야기를 했어. 하지만 이제야 나는 왜 소설을 쓰고 싶은지 깨닫게 됐고, 무엇을 써야 하는지 분명하게 알게 됐어. 어떤 이야기를 기록으로 보존하고 어떤 이야기를 기록에서 배제해야 하는가. 다른 사람의 이야기가 아니야. 나는 나의 이야기를 기록해서 보존해야 해. 잘 알지도 못하는 다른 사람들의 이야기가 아니라, 잘 알고 있지만 굳이 꺼내 보려 하지 않는 나의 이야기를 소설로 써야 해. 그러니까 나는 형에 대해 써야 해. 형의 갑작스러운 죽음에 대해서. 그 당시부터 지금까지 줄곧, 슬픔보다는 황망함이, 비탄보다는 허무함이 더 많이 느껴지는 형의 죽음에 대해서 써야만 해. 어디에서 시작해서 어떻게 끝내야 할지 아는 건 아무것도 없지만, 내가 먼저 넘어서야 할 것이 무엇인지는 이제 분명히 알 것 같아. 나는 곰이 있는 장소로 돌아가야 해. 내가 공포를 느끼는 곳으로, 자꾸 덮으려 하고 모른 척하려 하고 없었던 일처럼 생각하려 하는 곳으로 돌아가야 해. 그곳에서 다시 시작해야 해.

　　마리아는 편지에 이렇게 썼다.

　　편지를 쓰기 시작한 지 사흘이 지났고, 나는 오늘 교토에 도착했어. 도쿄에서 쓰기 시작한 편지가 교토에 와서까지 이어지고 있네.

　　겐조와 의견 일치를 본 후에는 일이 빠르게 진행됐어. 기차표를 예매했고, 할머니께 교토의 집 열쇠도 받았지. 아빠가 어린 시절 친하게 지내던 고향 친구들의 연락처도 몇 개 받아 뒀어. 이곳에서 며칠이나 머물지, 무엇을 어떤 식으로 알아봐야 할지 확실하게 알 수 있는 건 아무것도 없지만, 역설적으로 이런 막연함 속에서 어떤 명확함 같은 걸 느낄 수 있어. 그래, 이게 내가 지금 해야 하는 최선의 일이다. 내 선택은 올바르다.

　　편지를 써야겠다고 마음먹은 건 필립 너에게 문자 메시지가 왔기 때문이야. 일본에 오고 나서 처음으로 받은 너의 문자 메시지. 나를 걱정하면서도 배려해 주고 있는 너의 마음을 충분히 읽을 수 있는 문자 메시지. 하지만 나는 너의 문자 메시지에 어떤 답도 할 수 없었어. 왜 그랬을까. 장례식 무사히 잘 마쳤고, 여기서 며칠만 더 머무르다가 귀국할 예정이야. 이 간단한 내용조차 보낼 수 없었어. 아니, 그건 할 수 있느냐 할 수 없느냐의 문제가 아니라, 해도 되느냐 해서는 안 되느냐의 문제처럼 느껴졌어. 그리고 오늘 오전, 집에서 도쿄역까지 갔다가, 신칸센을 타고 교토역에 도착해서, 마침내 교토 외곽에 있는 이곳 할머니 댁에 도착하는 동안, 내가 왜 너에게 아무 연락도 할 수 없었는지, 아니, 왜 아무 연락도 해선 안 되는지 알게 되었어. 그건 어쩌면 이 편지를 쓰기 시작한 사흘 전부터 깨달았던 내용인지도 모르겠어. 어쩌면 쓰는 동안 깨닫게 된 사실일 수도 있겠지.

일본에 와서 첫째 날 밤 혹은 둘째 날 밤, 그도 아니면 낮잠을 잤을 때 꿨는지 모르겠지만, 아직도 뚜렷하게 기억에 남아 있는 꿈이 하나 있어. 나는 바다가 내려다보이는 유럽의 어느 곳 같은, 그게 아니면 미야자키 하야오의 애니메이션에 나올 것만 같은, 그런 평온하면서도 아름다운 풍경 속을 걷고 있었어. 그 동네를 여행하고 있었는지 아니면 거기에 살고 있었는지까지는 기억나지 않지만 무척 평화로웠던 기분만은 분명히 남아 있어. 그때 여행객처럼 보이는 히토미 겐조가 내가 있는 쪽으로 다가오더니 같은 일본인 같다며 혹시 사진을 찍어 줄 수 있는지 물어봤어. 솔직하게 미국인이라고 말해도 괜찮았을 텐데 꿈속의 나는 일본인이 맞다고 말하며 기꺼이 그 부탁을 들어줬어. 왜 그렇게 대답했을까. 국적 같은 건 아무 상관이 없다고 생각했던 걸까. 아니면 꿈속에선 실제로 일본인이었던 걸까. 아무려나. 사진을 찍고 나서 카메라 아니면 핸드폰을 히토미 겐조에게 건네줬는데, 그때부터 겐조가 나에게 적극적으로 말을 걸어왔어. 마치 내가 이곳 주민이라고 확신한 사람처럼. 처음에는 이 근처에 볼만한 곳은 뭐가 있는지, 맛있는 음식점은 어떤 게 있는지, 그런 지극히 여행객다운 질문이었어. 하지만 뒤로 갈수록 점점 사적인 질문, 이를테면 지금 내가 하는 일은 무엇인지, 나이가 어떻게 되는지 같은 질문들이 이어졌어. 근데 의아한 일이지. 처음 보는 사람의, 갑작스러운 데다 무례할 법한 질문이었음에도, 나는 약간 당황하기만 했을 뿐 그다지 불쾌한 기분은 들지 않았어. 심지어 조금 반가운 기분마저 들었던 것 같아. 마치 오래전부터 알고 지내던 사람과 오랜만에 만나기라도 한 것처럼. 그렇게 즐거운 기분으로 대화를 나누고 있던 중에 갑자기 겐조가 이런 말을 꺼냈어. 처음 만난 분께 이렇게 말하면 너무 노골적인 플러팅처럼 들릴지도 모르겠지만, 당신과는 예전부터 알고 지냈던 기분이 들어요. 그 말을 듣는 순간 얼굴이 확 달아오르면서 번뜩 정신이 들더니 꿈에서 깨고 말았어. 꿈에서 깨고 나서도 방금 꿨던 꿈이 마치 실제로 내가 겪은 일처럼 여겨졌고, 특히 겐조의 마지막 말은 계속 머릿속에서 맴도는 것 같았어. 당신과는 예전부터 알고 지냈던 기분이 들어요. 당신과는 예전부터 알고 지냈던 기분이 들어요. 어떻게 내가 느낀 것과 흡사한 기분을 꿈속의 상대방도 똑같이 느낄 수 있을까. 물론 겐조라고 해도 내 꿈속에 등장한 겐조고, 내 무의식이 투영된 인물이니 나와 똑같이 느낄 수도 있겠지. 어쨌거나 비록 꿈이긴 했지만 생생한 감정이 현실에서도 계속 이어졌다는 점이 놀라웠고, 다른 무엇보다 만난 지 하루 이틀밖에 안 된 남자가 내 꿈에 나왔다는 사실이 놀라워서 그 이후로 히토미 겐조에게 다소 벽을 두고 대했는지도 모르겠어. 물론 겉으로는 티를 내지 않으려고 애썼지만. 근데 지금 생각해 보니 내가 티를 내지 않으려고 했던 게 뭐였는지 모르겠어. 만난 지 며칠 안 된 남자가 내 꿈에 나왔다는 것? 아니면 꿈속에서 그 남자가 내가 느낀 것과 똑같은 감정을 느꼈다는 것? 그것도 아니면 이런 사실들이 부끄러워서 그 남자에게 약간의 벽을 두고 대했다는 것? 나는 도대체 뭐를 티 내지 않으려고 했던 걸까.

필립 로커웨이는 꺼져 버린 아이폰 화면 속에 비친 자신의 얼

굴을 멍하니 바라보았다. 그러다 아이폰을 책상 위에 올려 두고 침대에 드러누웠다. 잠시 후 필립의 머릿속에 마리아의 이미지가 떠올랐고, 그와 동시에 마리아가 보낸 편지도 떠올랐다. 마리아도 나도, 애초에 서로에 대해 적극적으로 캐묻지 않았어. 나는 마리아가 자신의 아버지에 대해 이야기하는 것을 불편해한다고 여겨서 더 이상 깊은 질문은 하지 않았고, 마리아 역시 내가 형에 대해 이야기하는 것을 불편해한다고 여겼기에 그 부분에 대해서 더는 묻지 않았어. 그랬던 것 같아. 그것이 상대방을 위하는 일이라 판단했겠지. 어쩌면 그건 분명 서로를 위하는 일이었는지도 몰라. 그 순간에는 그랬을지도 모를 일이야. 하지만 시간이 지나고 돌이켜 보니, 그건 우리 관계에 결코 긍정적으로 작용하지 않았던 것 같아. 상대방에게 할 수 없는 이야기가 조금씩 늘어갈수록, 상대방에 대한 마음의 문도 조금씩 닫혀 갔던 게 아닐까. 거기까지 생각한 필립은 돌연 몸을 일으켜 세우더니 침대에 걸터앉았다. 아니야. 필립은 고개를 좌우로 흔들었다. 어쩌면 우린 그저 타이밍이 조금 맞지 않았던 연인이었는지도 몰라. 나는 이제야 겨우 형에 대해서, 형의 죽음에 대해서 이야기할 준비가 됐어. 그 이야기를 어떤 식으로 풀어 나갈진 아직 미지수지만. 마리아 역시 이제야 겨우 아버지에 대해 궁금해하기 시작했고, 아버지의 삶이 어떤 식으로 구성됐는지 알아보고자 하는 마음이 생겼어. 혹시 우리가 이러한 마음가짐으로 지금 다시 만난다면, 이전 기억은 잊어버린 채 다시 만날 수 있다면, 처음 만났을 때처럼 서로에게 좋아하는 마음이 생길 수 있을까. 이전보다 나은 연애를 할 수 있을까. 모를 일이지. 모를 일이야. 다만 지금 내가 할 수 있는 건 마리아의 앞날에 행운을 빌어 주는 것, 그리고 앞으로 내게 찾아올 사람에게 지금 내가 할 수 있는 최선을 다하는 것.

마리아는 한 줄 띄운 후 계속해서 이렇게 적고 있었다.

교토에 도착해 하루가 지났고, 방금 너에게 전화가 왔어. 한 번. 그리고 몇 분 후 또 한 번. 나는 두 번 다 전화를 받지 않았어. 핸드폰 액정에 뜬 네 이름을 보면서, 그저 전화가 끊기기만을 기다렸어.

두서없이 생각나는 대로 쓴 이 편지에서 내가 내 감정을 얼마나 제대로 드러냈는지 모르겠어. 어쩌면 겐조와 처음 만났을 때부터 이미 오늘 같은 미래가 찾아오리라 예상했는지도 모르겠고. 하지만 그래, 이제는 확실하게 말해야 할 것 같아.

겐조가 좋아진 것 같아. 아니, 좋아졌어. 남동생이나 사람으로서가 아니라 남자로서. 물론 아직 겐조의 마음이 어떤지는 몰라. 그냥 누나라서 잘 따르는 것 같기도 하고, 본인 스스로 헷갈려 하고 있는 것 같기도 하고. 처음부터 겐조를 남동생이라고 생각하지 않은 내가 잘못한 걸까. 근데 사실은 사실이니까. 어차피 우리는 남매 사이가 아니니까. 아빠를 빼고 생각하면 완전히 남남이나 마찬가지니까.

너에게 숨긴 채 이 남자를 만날 수는 없으니 내 마음이 변했다는 사실을 말해야겠는데, 현재 난 일본에 있고 당분간 일본에 있을 예정이라, 전화 통화나 문자 메시지보다는 조금 더 진심을 담을 수 있는 편지를 선택해 이렇게 글을 쓰게 됐어. 처음부터 이런 내용을 쓰려고 편지를 쓴 건 아닌데, 지금에 와서 생각하니 결국 그런 이유로 쓴 것 같다는 생각이 들어.

구질구질하게 변명하지 않을게. 시작은 둘이 같이했는데 끝내는 건 나 혼자 일방적으로 해 버려서 미안해.

정말 미안해.

네가 쓰려고 하는 소설, 꼭 완성할 수 있길 바랄게.

그동안 고마웠어. 안녕.

필립 로커웨이는 격주마다 레오 크로포드가 일하고 있는 펍에서 그레이엄 밀러와 드미트리 데이비스를 만났고, 그러면서 매주 캐런 바우어가 일하고 있는? 서점에서 올리비아 후아레스와 레오 크로포드를 만났다. 그러니까 따지고 보면 필립 입장에서는 매주 한 번이나 두 번씩 레오 크로포드를 만나는 셈이었다. 물론 어떤 격주에 그들은 단지 바 매니저와 손님 이상의 대화를 나누지는 않았지만, 그들이 매주 한두 번씩 정기적으로 만나 간단한 인사 이상의 대화를 나누는 것은 분명했다.

레오 크로포드가 펍에서 홀로 책 읽는 모습을 떠올리며, 필립은 그레이엄과 드미트리와 만날 때 독서 모임에서 알게 된 책을 가져가 보았다. 하지만 가방에서 꺼낼 수 없었다. 아무 대화도 나누지 않고 그저 뉴욕 양키스의 야구 경기만 보고 있었음에도, 필립은 가방 속에 넣어 둔 책을 꺼낼 수 없었다. 필립은 바 건너편 구석에 웅크리고 앉아 홀로 책을 읽고 있는 레오가 부럽다는 생각이 들었고, 그가 어떤 책을 읽고 있을지 궁금한 마음이 들었다.

필립 로커웨이의 한쪽 곁엔, 책에 대한 이야기는 나누지만 서로의 사적인 사정에 대해서는 아무것도 모르는 레오 크로포드가 있었다. 그리고 필립 로커웨이의 또 다른 한쪽 곁엔, 사적인 사정이라면 쉴 새 없이 떠들어댈 수 있지만 책에 대한 이야기는 결코 하지 않는 드미트리 데이비스와 그레이엄 밀러가 있었다. 필립은 문득 세 명의 친구가 자신의 주변에서 삼발이처럼 적절한 균형을 맞춰 주고 있다는 느낌이 들었다. 드미트리나 그레이엄 둘 중 한 명만 빠져도 격주에 한 번씩 만나는 우리 모임은 원활하게 이뤄지지 않을 거야. 물론 레오가 없으면 바에 오는 재미가 줄어들 테고. 필립은 그렇게 생각했다. 그러고 나서 필립은 누가 볼 새라 슬쩍 미소를 지었다. 삼발이가 갖춰졌으니 그럼 이제 그 위에 비커를 올려 둘 차례인가.

네 번째 독서 모임을 하루 앞둔 날. 필립은 캐런에게 문자 메시지를 보냈다. 둘은 두 번째 독서 모임 날 밤 문자 메시지를 주고받은 후 연락하는 횟수가 늘어났고, 어느새 그들에게 그것은 일상적인 일이 되었다. 하지만 필립은 이번에 문자 메시지를 보내면서 다른 어느 때보다 신중한 표정을 지었다.

[캐런, 내일도 서점 문 열한 시에 열어?]

[매일 똑같지.]

[그러면 서점 문 열기 전에, 나한테 시간 좀 내줄 수 있어?]

[우아, 필립이 드디어 나에게 정식으로 데이트 신청을 하는구나!]

[하하, 그런 것까지는 아니고…]

[농담이야, 농담. 오전에 어디 갈 데라도 있는 거야?]

이튿날, 필립은 형에게 받은 포드 포커스를 몰고 파인애플 스트리트에서 캐런 바우어를 태웠다. 캐런 바우어는 검은색 단화를 신고 무릎까지 오는 검은색 반팔 원피스를 입고 있었다.

"많이 더워졌어. 이제는 완연한 여름 같아."

차 문을 열고 들어오는 캐런에게 필립이 말했다.

"그러게 말이야. 아침부터 덥네. 근데 대체 어딜 가길래 이런 옷을 입고 오라고 한 거야? 장례식에라도 가는 것 같은 복장이잖아."

보조석에 앉으며 캐런이 말했다.

"맞아."

"뭐가 맞아?"

"묘지에 갈 거거든."

"갑자기 무슨 묘지? 아니, 누구 묘지?"

"우리 형 묘지."

"형이 있…었구나."

"그랬지."

"그러면 오늘이…"

"응, 기일이야."

"근데… 왜 나랑 같이?"

글쎄… 라고 말을 줄인 필립은 잠시 후 이렇게 물었다. 아무튼 같이 가도 괜찮지? 그 질문에 캐런이, 나야 상관없지, 라고 말했고, 그 말을 들은 필립은, 같이 가줘서 고마워, 라고 말했다.

그러고 나서 필립은 포드 포커스를 그린우드 공동묘지 쪽으로 몰았다.

해제

그 소설 같은 일

김녕(평론가)

1

『그해 여름 필립 로커웨이에게 일어난 소설 같은 일』은 필립 로커웨이가 돌연, 소설을 쓰고 싶다는 강렬한 충동에 휩싸이면서 시작된다. 그에게 글쓰기라고는 고교 시절 과제로 작성했던 감상 에세이가 전부였고, 평소 소설을 읽어 왔던 것도 아니었으므로 그 충동은 필립 본인에게도 무척이나 당혹스러운 것이었다. 도대체 그런 게 어디에 숨어 있었단 말인가? 그 순간에 "신의 계시"나 "허공을 떠돌던 (…) 영혼의 욕망이 나에게 이입된 느낌"(9쪽)이라고 표현할 정도로, '소설을 쓰고 싶다는 욕망'은 필립에게 있어선 생경한 것이었다. 그가 대뜸 구글링을 시작하면서 검색창에 적어 넣은 뜬구름 잡는 키워드들을 보라. 그가 얼마나 소설과 거리가 먼 삶을 살아왔는지 한눈에 알 수 있지 않은가?

그래도 그는 구글링 끝에 마리아너 융게라는 독일 작가의 『666, 페스트리카』부터 사서 읽어 봐야겠다고 결정한다. 뉴욕 시내의 서점들을 돌아다니며 발품을 판 끝에 어렵사리 책을 구하는 데에도 성공해 냈으니, 이제 작품을 탐독할 차례. 그러나 책을 읽는 일은 좀처럼 쉽지 않다. 심지어 "3주에 걸쳐 읽었음에도 머릿속에 남아 있는 내용이 거의 없다는 사실을 깨달았"(103쪽)을 땐, 소름마저 돋았노라고 필립은 고백한다.

사실, 읽을 작품을 고르기 위해 검색창을 헤매고 다니던 모습을 떠올려 보면 이상한 일은 아니다. 필립이 이 책을 어떤 이유로 읽어야겠다고 마음먹었던가? "'최고', '소설', '목록', '끝내주는', '문학', '훌륭한', '21세기' 등의 키워드를 이리저리 조합"(10쪽)한 끝에, "포스트모던 미스터리이고 음모론적 소설이며 실험적인 SF 소설이고 2000년대 이후 최고의 책이며 다중 서사 작품이고 이미 21세기의 정전 반열에 오른 작품"(11쪽)이라는 정제된 수사(修辭)에 넘어가 그 책을 고르지 않았던가.

그 방식 자체가 잘못되었느냐고 묻는다면, 그렇다고 말할 수는 없다. 이 시점의 필립은 독서 경험이 없다시피 하기에 자신이 어떤 유형의 소설을 좋아하는지, 어떤 이야기에 매혹을 느끼는지도 모르고 있으니까. 책을 선택함에 있어 참조할 만한 내적인 준거가 없는 상태이기에, 전적으로 '바깥'의 정보에 의존하는 게 이상한 일은 아니다. 일종의 거쳐야 할 과정이랄까. 다만, 그 선택의 과정에서 정작 필립 '자신'이 배제되어 있었다는 점은 부인할 수 없다. 『666, 페스트리카』를 고른 결정은 필립 자신의 경험이나 취향, 사유와는 무관했다는 이야기다.

다행히, 아래층에 사는 올리비아 후아레스의 제안으로 독서 모임에 참여하게 되면서 필립이 앓는 독서의 난맥상은 변화를 맞게 된다. 첫 독서는 에두아르 르베의『자화상』. 공교롭게도 '나는 무엇이다.'라는 형태의 문장이 반복되는 이 작품을 읽는 일은, 작지만 필립에겐 결정적인 변화를 만들어 내는 반환점이 된다. 줄곧 구글 검색창이나 소설가들의 관계를 지도로 표시해 주는 사이트 따위의 '바깥의 언어'로만 향하던 필립의 의식이 비로소 '자기 자신'에게 향하게 되는 계기가 마련된 것.

그렇게, 에두아르 르베의 형식을 빌어 비로소 필립의 첫 집필이 시작된다. 아직은 첫걸음마처럼 서투르기만 하지만, 어쨌든 무엇인가를 써 내려간다. 다른 무엇이 아니라, 자기 자신에 관하여. 자신이 뉴욕 브루클린 태생이라는 데에 어떤 생각을 가졌는지. 자신이 생각하는 자기 외모가 어떻고, 건강은 어떤지와 같은 사소한 것에서부터…… 연인인 마리아와의 사랑이 식어 가는 고통에서 "어떤 식으로든 벗어나고 싶"다거나, "나는 내가 무엇을 원하는지 모른다."(119-120쪽)는 식의 어쩐지 가슴 아픈 고백도 종이 위로 옮겨진다. 이건, 필립이 산책하던 뉴욕 거리의 온갖 사물들처럼 '외부적 현실'로서 존재하던 '소설'이 비로소 그의 '내면'과 접촉하는 순간인 셈이다. 소설을 쓰는 것은커녕, 읽는 일조차 낯설어했던 필립의 모습을 생각하면 크나큰 변화가 아닐까? 바로 이 장면이 2부의 첫대목을 차지하고 있는 건, 그러므로 우연이 아닐 것이다.

『자화상』의 연장선상에서 채택된 독서 모임의 두 번째 도서, 조 브레이너드의『나는 기억한다』는 이러한 필립의 의식 변화에 쐐기를 박는다. 그는 따라 쓴다. "나는 기억한다,"(133쪽)는 조 브레이너드의 문장을 빌려, 자신에게 편지로 이별을 고해 온 마리아와의 기억을 하나하나 종이 위로 불러낸다. 단순한 회상이 아니라, 반추(反芻)에 가까운 행위 속에서 필립은 어쩌면 그때 당시에는 가볍게 흘려 버렸을지도 모를 장면들을 기억해 낸다. 자신의 형이 죽은 이유가 뭐냐는 마리아의 물음에 입을 다물었던 기억. 그리고 그로서는 깊이 들여다볼 수 없었던, 아버지에 대한 마리아의 결핍까지.

독서 모임의 세 번째 도서, 조르주 페렉의『임금 인상을 요청하기 위해 과장에게 접근하는 기술과 방법』을 읽은 필립. 이번에도 '모방'이라는 '기술과 방법'으로 글을 써 내려가려던 그는 생각한다. "지금 나에게 필요한 건 어떻게 쓰느냐가 아니라 무얼 쓰느냐 아닐까."(162쪽) 그리고 돌연 깨닫는다. 자신이 무엇에 대해 써야 하는지를.

"갑자기 왜 소설이 쓰고 싶어졌어?" 당시 나는 그 질문에 대한 대답으로 마이크 한 이 해 준 곰 이야기를 했어. 하지만 이제야 나는 왜 소설을 쓰고 싶은지 깨닫게 됐고, 무엇을 써야 하는지 분명하게 알게 됐어. (……) 잘 알지도 못하는 다른 사람들의 이야기가 아니라, 잘 알고 있지만 굳이 꺼내 보려 하지 않는 나의 이야기를 소설로 써야 해. 그러니까 나는 형에 대해 써야 해. 형의 갑작스러운 죽음에 대해서. (173쪽)

　'끝내주는' '문학' 같은 키워드를 검색하는 일. 그리고 타인이 아니라 자신의 이야기를 써서 남기겠다고 마음먹는 일. 이 둘 사이에 놓인 간극은 얼마나 깊고도 먼가. 전자가 숱한 '타인'들의 인정을 좇아 바깥으로 향한다면, 후자는 오로지 자신만이 쓸 수 있고 자신이 반드시 대면해야 하는 일을 직시하며 안쪽으로 파고든다. 그러니까 '그해 여름 필립 로커웨이에게 일어난 소설 같은 일'이 무엇이냐고 묻는다면, 바로 이 순간이 아닐까? 갑자기 소설을 쓰고 싶어진 것도, 마리아가 돌연 아버지의 죽음으로 일본으로 날아간 것도, 그녀가 이별 통보를 보내온 것도, 독서 모임에서 새로운 사람들을 만나게 된 것도 아니라. 줄곧 덮어 버리고 외면하려 했던 자기 자신에게로 향해야 한다는 걸 깨닫는 순간 말이다. 왜냐하면 이 순간이야말로, 필립이 '성숙'해지는 순간이니까. '캐런 바우어'와의 새로운 인연을 시작하면서, 마리아에게는 함구하고 말았던 '형'의 이야기부터 열어젖히는 필립의 선택에는…… 전과 같은 과오를 반복하지 않겠다는 의지가 담겨 있는 것이다.

2

여기서 멈추면, 자칫 이 소설을 독서와 글쓰기 같은 문학적 행위의 특별한 힘을 강조하는 이야기로 이해할 가능성도 있을 것이다. 물론 필립에게 있어선 독서도 글쓰기도 각별한 의미를 가질 터다. 그동안 외면했거나 미처 인지하지 못했던 자기 자신을 들여다보고, 더 나은 사람이 되기 위해 오늘을 살게 하는 계기가 되어 줬으니까. 하나 그렇다고 그의 이야기를 '문학에 의해 구원'받는 서사로만 이해하면 곤란하다. 오히려 바깥에서 자기 내부로 향하는 필립의 여정은 문학을 낭만화하는 수사로부터 멀어지는 방향으로 나아가고 있으니까.

게다가 소설에 관한 이야기 단위들이 워낙 의미심장하게 느껴져서 그렇지, 사실 소설 전체를 찬찬히 살펴보면 필립의 일상에서 독서나 글쓰기가 갖는 비중은 어디까지나 일부다. 『666, 페스트리카』를 읽으려고 갖은 애를 쓰던 3주나 독서 모임에 참여해 지정된 도서를 읽고 그 문장을 모방해 글을 쓰는 몇몇 시간을 제외하면, 그는 많은 시간을 뉴욕 시내를 산책하거나 친구나 지인을 만나는 데에도 할애한다. 그 시간은 얼핏 보면 별 의미가 없어 보인다. 그러나 사실은 알게 모르게 필립의 변화에의 도정에 띄엄띄엄 놓인 징검다리가 되어 준다.

예를 들어 볼까. 소설의 초입에서 돌연 소설을 쓰고 싶다는 욕망에 휩싸였던 필립은 이튿날, 펍에서 학창 시절 친구인 '드미트리 데이비스'와 '그레이엄 밀러'를 만난다. 한창 야구 경기를 보던 와중, 그레이엄이 돌연 필립에게 지난주에 다녀온 '시애틀'은 어땠느냐고 묻는다. 필립은 거기서 '마이크 한'이라는 한국인 유튜버를 만났던 기억을 떠올리고, 자연스럽게 마이크 한이 해 줬던 이야기를 친구들에게 풀어놓기 시작한다. 기억나는가? 곰에게서 구사일생으로 살아남았던 사람의 이야기 말이다. 필립이 소설을 쓰고 싶어진 이유와는 아무런 접점도 없어 보이던 그 이야기. 이것조차 필립의 성찰과 성숙에 기여하고 있다면, 믿기는가? 그러나 정말이다. 이 곰 이야기가 마무리되는 지점을 보자.

"그럼 그 이야기의 메시지는 이런 건가? 위험한 상황에 처했을 때 나 혼자만 살려고 하지 말고 주변 사람들을 구해 줘라? 하하하. 서민적인 히어로물 같네." 그레이엄 밀러가 말했다.

"아, 그것도 말해 준 것 같은데, 공포심이 어쩌고 이야기했던 것 같은데." 필립 로커웨이가 말했다.

(……)

"아, 그래. 공포심을 없애기 위해서는, 그 공포심이 발생한 장소로 돌아가야 한다. 뭐 이런 조금은 덜 흔해 빠진 이야기였던 것 같아." (28쪽)

공포심이 발생한 장소로 돌아가야 한다. 이건 어딘지 익숙한 말 아닌가? 그냥 세상에 회자되는 '흔해 빠진 이야기'여서가 아니라, 결국 필립이 스스로 외면하고 있던 '형의 죽음'을 대면해야 한다고 결심하는 그 장면과 정확히 겹쳐지기 때문에 말이다. 심지어 필립이 분명하게도 이렇게 말하기까지 한다. "나는 곰이 있는 장소로 돌아가야 해. 내가 공포를 느끼는 곳으로, 자꾸 덮으려 하고 모른 척하려 하고 없었던 일처럼 생각하려 하는 곳으로 돌아가야"(173쪽) 한다고. 그러니까 저 실없는 수다의 화젯거리가 필립의 변화를 떠받치는 구성 요소라는 것은 명확하다. 또 이런 것은 어떤가?

그로부터 얼마 뒤 『666, 페스트리카』를 찾아 헤매다 실패한 필립은 두 친구와 더불어 어울리곤 했던 '로돌포 존스'를 우연히 집 근처의 술집에서 마주친다. 그때의 대화…… 아니, 대화라기보단 로돌포의 일방적인 장광설에 가까웠던 '모방 작가론' 말이다. 작가들은 의식적으로든 무의식적으로든 모두 모방을 하고 있으며, 단지 무엇을 모방하느냐에 따라 '급'이 나뉠 뿐이라던 그의 견해는, 훗날 캐런에게 반박당한다. 하지만 '모방으로서의 글쓰기'가 아니라, '글쓰기로서의 모방'은 살아남아 필립이 문장을 만들어 가기 시작하는 계기가 된다.

"하지만 독서에 속도가 붙지 않았다. (……) 이 책 스타일을 모방해서 쓰는 일에 대해 생각했기 때문이었다. 재밌긴 하겠지만,

어떨까, 이 작품을 모방해서 써도 괜찮을까. (……) 연습 삼아 써 보는 건 나쁘지 않을 것 같아." (118-119쪽)

그러니까 한국인 유튜버 마이크 한에게서 전해 들었던 곰 이야기는 『자화상』이나 『나는 기억한다』와 동등한 무게의 의미를 지닌다. 등급을 나누어 작가를 바라보는 로돌포의 시선은 다소간 폭력적이고 편협하지만, 필립은 모방 그 자체에 관한 이야기만은 살려서 글쓰기를 시작하는 계기로 삼았다. 다른 이라면 술자리의 환담이나 헛소리로 흘려듣고 잊었을지도 모를 이야기들을 그러모아, 필립은 나름의 문학 고전에서 얻은 것과 비슷한 의미를 빚어 내는 셈이다. 술자리 이야깃거리와 문학 고전이 동등하다니, 이런 일이 어떻게 가능할까? 그런 독해야말로 지나친 비약이 아닐까? 아니다. 가능하다. 왜냐하면 우리는 구글 검색 결과로 출력되었던 『666, 페스트리카』에 관한 평언처럼 객관적 평가의 세계를 보고 있는 것이 아니니까.

3

소설의 첫 장을 들춰 보자마자, 눈치 빠른 독자는 알아챘을 것이다. 이 소설이 필립의 의식 흐름을 따라가는 소설이라는 것을. 그렇다는 건, 이 소설은 다른 무엇보다도 필립의 사유와 감정을 묘사의 대상으로 삼겠다는 의도를 품었다는 뜻이다. 설령 외부 현실이나 대상을 그려 낸다고 하더라도, 어디까지나 '필립의 시선'을 경유했다는 점을 잊어서는 안 된다. 그러니까 우리가 보는 것은 있는 그대로의 객관적 '사실'이 아니라, 필립의 의식을 필터처럼 거쳐서 주관성을 띠게 된 '사실에 관한 관점과 해석'이다.

이러한 세계에서 어떤 대상의 의미나 맥락은 고정불변한 것이 아니다. 필립이라는 경험 주체와는 무관하게 선험적으로 내재된 가치가 정해져 있는 것도 아니다. 그러니까, 변하지도 않고 만인에게 누구에게나 똑같이 적용되는 '진리'라는 것은 존재하지 않는다. 모든 건 주체의 경험에 따라, 사유에 따라, 맥락 짓기와 의미 찾기에 따라 매 순간 다시 만들어진다.

그사이 많은 것들이 변했어. 필립은 생각했다. 처음 파트타임으로 일했던 5번 스트리트의 스테이크 하우스 자리에는 프랜차이즈 햄버거 매장이 생겼고, (……) 7번 스트리트에 있던 펍은 아예 옷 가게로 바뀌어 있었어. 하지만 사실 대부분의 것들은 바뀌지 않았어. 내가 처음 자취를 시작한, 11번 스트리트의 비좁은 아파트도 그대로 있었고, 4번 스트리트와 5번 애비뉴가 만나는 모퉁이에 있는 펍도 그대로 있었어. (……) 운동을 하거나 산책을 하는 사람들도 그대로고, 신나서 뛰어다니는 강아지들도, 바람에 흔들리는 진녹색의 나무들도, 나무 사이로 보이는 파란 하늘과 하얀

구름도 전부 그대로야. (68-69쪽)

필립은 고등학교를 졸업한 뒤 독립생활을 시작했던 동네 '파크 슬로프'를 찾는다. 3년이란 시간이 흐른 만큼 동네의 곳곳이 전과는 달라져 있었고, 필립은 생각한다. 많은 것이 변했다고. 그러나 또 관점을 달리해 시선을 옮기면서는 정반대의 맥락을 만들어 간다. 이 장면이 시사하는 바는 명료하다. 오랜만에 찾은 '파크 슬로프'라는 대상은 그저 제 나름의 역사를 가지고 현재의 모습에 이르렀고, 그 공간을 구성하는 여러 요소들은 그저 늘 그렇듯이 제자리에 있었다. 마치 밤하늘에 흩뿌려진 별처럼. 그런데 그 별들 가운데서 어느 것들을 선택해서 연결하느냐에 따라 전혀 다른 별자리가 만들어질 수 있는 것처럼, 동네의 모습에서 어느 요소에 주목하고 서로 연관시켜서 맥락 짓느냐에 따라 같은 대상을 바라보는 시선이 360도 달라질 수 있다는 걸 필립은 안다.

뻔하다면 뻔한 이야기지만, 이것은 실제로 소설에서 의식적으로 반복되는 테마다. 소설은 필립이 거니는 거리의 사물들과 만나는 사람들의 의미가 시시때때로 역동적으로 뒤바뀌는 모습을 반복적으로 포착한다. 앞서 언급했던 로돌프 존스만 해도 그렇다. 그는 평소 필립이 그레이엄, 드미트리와 함께 펍에서 만나 당구를 치던, 말하자면 술친구에 불과했다. 그 역시 글을 쓰는 프리랜서 작가였다는 걸 진즉에 알았다고 해도, 필립에겐 그가 단순한 술친구라는 의미에는 변함이 없었을 터. 하지만 필립이 소설을 쓰고 싶다는 충동에 휩싸인 이후론, 더욱이 그가 작가였다는 사실을 알게 된 이후론 더는 주말에 당구나 치는 술친구가 아니게 된다. '모방 작가론'도 그렇게 뒤바뀐 맥락에서 뒤따라온 대화다.

'올리비아 후아레스'는 또 어떤가? 필립이 소설을 사러 서점에 들렀다가 우연히 마주치기 전까지만 해도, 그녀는 아랫집에 사는 이웃에 불과했다. 그러나 『666, 페스트리카』를 사러 갔던 바로 그 상황 때문에 그녀와 소설에 관해 이야기를 나누게 되고, 심지어 소설을 쓰려하고 있다는 고백까지 하게 된다. 그렇게 그녀는 단순한 이웃에서 독립 문예지를 만드는 에디터로, 나아가 독서 모임의 일원이라는 새로운 의미를 취득하게 된다.

세 술친구와 함께 당구를 치던 펍의 매니저, '레오 크로포드'는 또 어떤가. 올리비아를 따라 참석한 독서 모임에 그가 자리한 것을 보고, 필립은 깜짝 놀라며 생각한다. "그러고 보니 바 위에 항상 책 한두 권씩은 놓여 있었어."(111쪽) 필립이 주말마다 찾아가던 펍에 놓여 있던 책들, 그것들은 항상 그곳에 있었다. 필립과 맥락 지어지지 못해 아무런 의미가 없었을 뿐. 레오가 독서 모임에 앉아 있는 걸 보는 순간에야 새삼스럽게 감각의 대상으로, 레오라는 인물을 이해하는 단서로서 의미를 갖게 된 것이다.

원래 그 자리에 있었으나, 필립에게 의미를 갖지 못했던 것들이 그의 여로를 따라 매 순간 새롭게 재맥락화되는 사건. 이 소설은 바로 그러한 사건의 연쇄로 이루어져 있다. 미처 인지하지 못했던 사물은 새로이 의미화되고, 관련 없었던 사람과의 새로운 관계가 만들어지고, 원래 있었던 의미와 관계는 미끄러지고 어긋나면서 뒤로 밀려난다. 마치 필립이 『666, 페스트리카』를 읽을 때 느꼈던 것처럼 말이다.

필립은 문득 『666, 페스트리카』를 읽는 것이 기차의 차창 밖으로 사라지는 풍경을 보는 것과 비슷하다는 생각을 했다. 지금 보고 있는 풍경은 곧바로 다음에 오는 풍경에 의해 밀려나고, 금세 기억 너머로 사라져. 마찬가지로 『666, 페스트리카』에서 지금 읽고 있는 문장의 의미는 다음 문장이나 그다음 문장을 읽는 동안 빠르게 사라지고 말아. (102-103쪽)

어쩌면 산다는 일 자체가 필립이 『666, 페스트리카』를 읽으면서 느낀 바와 닮았는지도 모르겠다. 시시각각 새롭게 만들어지는 맥락과 의미에 의해 지금 보고 있는 현재로부터 자꾸만 밀려나는 것. 마치 지도 없는 미로 속으로 걸음을 내딛는 것처럼, 정답 없는 미지를 향해 나아갈 수밖에 없는 것. 필립이 몸소 보여 주듯 과정 중에 때로는 길을 잃고 헤매거나 괴롭거나 두려울 수도 있겠지만, 어떻게든 나아가서 전과는 다른 자리에 서게 되는 것. 그나마 다행인 건, 지나치고 나면 '기억 너머로 사라'지고 마는 문장과는 달리 필립을 거쳐 간 수많은 '현재'들은 그냥 없어지지 않았다는 사실일 터다. 마이크 한이 해 주었던 곰 이야기처럼 사소한 경험이라도, 언젠가 새로운 맥락을 얻어 새 생명을 얻기를 기다리며 그의 등 뒤에 서 있었듯이. 마리아와의 가슴 아픈 이별이 필립으로 하여금 한층 더 성숙한 관계를 만들어 나갈 수 있는 토대가 되어 준 것처럼. 설령 그게 정답이 아니라 할지라도, 현재를 무던히 더듬거리며 어떻게든 살아 나가는 게 중요한 것 아닐까.

여기서 '그해 여름 필립 로커웨이에게 일어난 소설 같은 일'이 무엇이었겠느냐고, 다시 묻는다면 이제는 이렇게 말할 수 있을 것 같다.

그해 여름, 그에게 일어난 '모든 일'이었다고.

그리고 그 소설 같은 일은, 이야기가 끝난 이후로도 계속될 것이다.

작가 후기

『그해 여름 필립 로커웨이에게 일어난 소설 같은 일』의 초고는 2019년에 완성했다. 소설 배경이 2019년인 건 이 글을 쓴 시기가 2019년이라는 이유가 가장 크다. 시간이 지나고 보니 코로나 팬데믹이 일어나기 직전의 해라는 의미도 더할 수 있겠다.

당시엔 소설 제목을 '필립 로커웨이의 여름'이라고 했는데, 시간이 지나면서 제목도 바뀌었고 내용도 다소 첨가되었다.

처음에 어떤 생각으로 이런 인물에 대해 쓰려고 했는지 지금으로서는 기억이 잘 나지 않는다. 초반 원고지 10장 정도 분량의 글을 쓰고 나서는 다른 일정 때문에 한동안 이 소설에 대해 잊고 지냈다. 두어 달쯤 지나고 나서 쓰다 만 원고를 다시 읽었고, 그 이후 필립 로커웨이의 부름을 받기라도 한 듯 단숨에 끝까지 쓰게 되었다.

부산에서 지내면서 왜 하필 뉴욕을 무대로 하는 소설을 쓰게 됐는지, 그것도 외국인만 잔뜩 나오는 소설을 쓰게 됐는지 또한 알 수 없는 일이다. 외국 소설을 많이 읽은 탓이 아닐까 짐작하기만 할 뿐.

언젠가 이 소설에서 파생된 이야기, 이를테면 필립 로커웨이의 형이나 히토미 남매의 아버지, 혹은 마리아 히토미에 대한 이야기도 발표할 수 있으면 좋겠다.

참고 문헌

남종신, 손예원, 정인교,『잠재문학실험실』(작업실유령, 2013)

윤영주,『디스 이즈 뉴욕(2018~2019년 최신개정판)』(TERRA, 2018)

로베르토 볼라뇨, 송병선 옮김,『2666』(열린책들, 2013)

사사키 아타루, 김경원 옮김,『이 나날의 돌림노래』(여문책, 2018)

조르주 페렉, 김호영 옮김,『인생 사용법』(문학동네, 2012)

조르주 페렉, 이충훈 옮김,『임금 인상을 요청하기 위해 과장에게 접근하는 기술과 방법』(열린책들, 2010)

조 브레이너드, 천지현 옮김,『나는 기억한다』(모멘토, 2016)

에두아르 르베, 정영문 옮김,『자화상』(은행나무, 2015)

오에 겐자부로, 박유하 옮김,『만엔원년의 풋볼』(웅진지식하우스, 2017)

폴 오스터, 황보석 옮김,『브루클린 풍자극』(열린책들, 2005)

舞城王太郎,『熊の場所』(講談社, 2002) (*소설 속 곰에 쫓기는 두 명의 남자 에피소드는 이 책에서 차용한 이야기입니다)

유튜브 Mickey Seo 채널

(https://www.youtube.com/channel/UCWM4eRRP6K5aWqsfhDkc2Wg)

"세상 모든 것에 감탄하는 지혜로운 사람들의 공간"
도서출판 호밀밭

그해 여름 필립 로커웨이에게 일어난 소설 같은 일
ⓒ 2023, 박대겸

초판 1쇄	2023년 06월 26일
지은이	박대겸
책임편집	임명선
디자인	박규비
펴낸이	장현정
펴낸곳	호밀밭
등록	2008년 11월 12일(제338-2008-6호)
주소	부산광역시 수영구 연수로 357번길 17-8
전화	051-751-8001
팩스	0505-510-4675
홈페이지	homilbooks.com
이메일	homilbooks@naver.com

Published in Korea by Homilbooks Publishing Co, Busan.
Registration No. 338-2008-6.
First press export edition June, 2023.

Author Park, Daekyom
ISBN 979-11-6826-109-9　　03810